転居のいきさつ

畔井 遠
Kroy Wen

新潮社
図書編集室

〔目次〕

カバー写真　谷口奈穂
装幀　新潮社装幀室
編集協力　吉田恵美

転居のいきさつ

目が覚めるとわたしは高いベッドのうえにうつぶせになっていた。昨夜からつけっぱなしのポータブル・ラジオから音楽が流れていた。陽が高くのぼっているのが感じられたが、眼下に見える道路は高く茂った街路樹の陰におおわれていた。アスファルトがところどころひび割れていた。わたしがアメリカではじめて住むことになったこのパットン・アベニューという陽当たりの悪い通りが、第一次大戦当時の将軍の名をとってつけられたのかどうかわたしは知らなかった。わたしはじっとしたまま、二日前に空港に着いてから、きのうこの屋根裏のアパートに越してくるまでのいきさつをうつらうつらと反芻していた。

日本をはじめて出たわたしがヨーロッパを二週間見物したあとニューヨークのJFK空港に着いたのは「帰ってきたヨッパライ」が大流行する直前の昭和四十二年の八月も終わりに近い暑い日の午後だった。うまいぐあいに旅行先のパリから電報を打っておいたとおりPAN AMは定刻に着いたので、わたしのボスになるはずのドクター・ボルスキーが一家で迎えに来ていた。目がねをかけた小柄なかれの夫人と幼稚園に通っているくらいの年頃の女の子、それに大学院の学生がひとり、総勢四人で迎えに来ていたのだ。

わたしたちはすぐ六十五年型のダッジ・ダートに乗りこんだ。途中で大学院生を下ろし、長い橋をいくつか渡り、ニュージャージーに入るとくるまは国道一号線を南下した。プリンストンまでの道のりは二時間たらずだった。車中でドクター・ボルスキーは何度かわたしに話しかけたが、わたしにはうまく答えられなかった。

会話の途中で、わたしがニューヨーク・ヤンキースを知っているというとかれはアイ・ノウ・トーキョー・ジャイアンツといった。旅程も終わりに近づいたころ、これからきみの英語はもっと上手になると思うかときいた。わたしはイエスと答えた。夫人はプリンストンはとてもきれいなところよ、いつも花がさいていてといった。

ニュー・ブランスビクをすぎ、国道を右に折れてカーネギー湖にかかる橋を渡ると、きれいなプリンストンがせまってきた。それは花の香のただよう美しい町であった。わたしは二年の刑をいいわたされた被告のような気分だった。きれいな町でのきれいな生活。この町で与えられた課題をこれから果たしていくのだ。

わたしはやりきれない気分になり、子供だましのようなロワール川のソン・エ・ルミエールやワインのにおいの記憶があたまの中をかけめぐった。

くるまはいきなりナッソー・スクエヤーにはいり、ナッソー・インの入口に横づけした。ナッソー・インにはわたしのために部屋があらかじめとってあったのだった。ドクター・ボルスキーだけがくるまをおりて、レセプションまでついてきてチェックインをすませると、きょうはゆっくりやすんでください、あしたの朝十時にむかえにくるからといってかえっていった。

その日は日曜だったのでホテルの食堂で夕食をとった。ステーキを注文してビールといっしょにのみこんだ。ほかの料理はまるでしらなかったからだ。まだ西日はたかく窓から赤い夕日がさしこんでいた。部屋にもどってスーツケースを開けるとチーズのにおいがした。パリに着くまで何日ももってあるきパリのホテルですててしまったオランダのチーズのかおりだった。そしてそのかおりがきのうまでいたヨーロッパへの懐かしさをかきたてた。

わたしはまだ日の暮れていないホテルのまわりをあるいてみた。こぎれいな店がならんでいたが日曜のせいかみんなしまっていた。ナッソー・スクエヤーのかどのバスの発着所のある建物のドアだけがあいており、なかでニューヨーク行きのキップを売っていた。わたしは早々にホテルに引き返し、シャワーをあびると、まだ暮れきらない夕闇のなかでパンツ一枚でベッドにもぐりこんだ。ねむくはなかったがねむるように努力した。そしてねむってしまったらしかった。

あくる朝、食堂で朝食をとってへやにもどってくると電話がなりロビーにボルスキーが待っているということだった。わたしは荷物をぜんぶもって下におりた。ボルスキーが笑顔でよくねむれたかといった。わたしはイエスといった。あまりよくねむれなかったとしてもイエスかノー以上にふくざつな会話はむりだった。じぶんでカウンターにいこうとするとボルスキーがわたしがやるからいいといってカウンターのまえにすすみ、そこにいた男とはなしはじめた。

ボルスキーは二メートル以上身長がある大男だと日本できいていたが背後に立つとかれの大きな尻がわたしの顔の位置にあった。ボルスキーは男のさしだす書類にサインをしていたが、それはホテルでかかった費用を大学の口座から支払うための手配書らしかった。わたしたちは数すくないわたしの荷物を自動車で大学の研究室にはこんだ。化学の研究室のある建物はつたにおおわれたプリンストン大学の古い建物とはふつりあいな近代的なコンクリートの建物だった。しかし、それはわれわれが裏口から入ったためで、建物の正面はむかしながらのプリンストンの建物だったのだ。


ドアを押し開けて中にはいると一種のにおいがした。それは化学薬品のにおいでもなく新しい建築の塗料のにおいでもなく、それらがなにかと混じりあったような一種のほのかなかおりであった。そのにおいは一年たってわたしがプリンストンを出ていくまでその建物のなかに定住していた。スーツケースのチーズのかおりやフリック化学実験室のにおいをわたしはいまでも動物のように記憶している。

ボルスキーの部屋に荷物をおくとわたしは廊下のいちばん奥にある学部長のチャールズ・ギルバーグのところへつれていかれた。がらんとした実験室に四十代半ばの厳格な顔立ちのギルバーグが一人で立っていた。これはにがての顔だとわたしはおもった。ゆうづうのきかないけんかの強そうな顔だった。

ギルバーグは握手をするとき、あなたの来ることをトーキョーのタシロ教授からきいていたといった。わたしも田代教授から、むかしニューヨーク大学で同僚だったギルバーグのことをなんでも知っている大秀才だときいていたのだ。わたしはだまって握手に応じた。

ボルスキーがギルバーグにほかの連中はどこにいるのかときいた。きょうは月曜だからみんなセミナー室にいる、じぶんはいまちょっとぬけてきたところだがすぐまたもどるとギルバーグがいい、ちょうどいいみんなにドクター・ニシガワラを紹介できるというようなことをボルスキーはいったようだった。わたしは紹介したりされたりはきらいだが、まあしかたがないだろう。

廊下をつたってセミナー室のほうにボルスキーと歩いていくと急に廊下も両側の部屋もうす暗くなり旧館に入ったのがわかった。セミナー室には数人の助教授とそれとおなじくらいの数の大学院生がいて、ひとりの女の学生が黒板にかかれた有機化学の構造式をゆびさしてなにか説明しているところだったがわたしにはちんぷんかんぷんだった。

セミナーがおわるとボルスキーがわたしを一同に紹介したのだがわたしにはだれがだれだかわからなかった。あとで知ったことだが、そこにいたアーサー・クンツ、ジャック・フレスコ、それにわたしのボスになるロナルド・ボルスキーらの助教授たちはそろって三十をこしたばかりの年齢だった。

ジャック・フレスコが印象にのこった。顔つきがポパイのようで太い両腕はまっくろな毛でおおわれていた。きょうはきていないもうひとりの助教授ブルース・アルバーツも三十才ということだった。学生もおなじくらいの年かっこうでどっちが先生でどっちが学生なのかわからない。そのときわたしは三十一だったからかれらと同世代というわけだ。かれらとこれからきそっていく自信はわたしにはまったくない。わたしはこそこそ逃げて帰りたいようななさけない気分になった。そしてどこかに女でもいたらそこへいって飲んだくれてしまいたいようなあさましいことをかんがえた。

そこにボルスキーのふたりの学生もいることがわかった。それはジムが空港まできた学生でありトムもわれわれといっしょにボルスキーの研究室まであるいてきたからである。ジムはわたしをわざわざ迎えにきたのではなく、ニューヨークでオペラをみるためボルスキーのくるまに同乗してきただけだったのだ。トムは遠心機会社の社長の息子だそうで学生にしては年かさのほうであり、ジムはボルスキーとおなじく軍艦のように巨大だった。

トムは抑揚のない調子で鼻をくしゃくしゃさせながら話しかけてきたが、わたしにはなにをいっているのかさっぱりわからず、したがって返答のしようもなかった。しかし彼はいっこうに気にするようすもなく研究室にもどってからも話しつづけていた。わたしはまぬけのようにへらへらしていた。ボルスキーが実験室のおくにある小さなオフィスからわたしを呼んだのでわたしはほっとした。

ボルスキーはわたしにちいさな新聞のようなものをみせてこれからきみのアパートを探そうと

いった。それは「タウン・トピックス」というプリンストンのまちの週刊新聞で、すでに二か所ほど赤インクでしるしがついていた。ボルスキーがまずさいしょの新聞広告にくるくる番号を回して電話をかけ、しばらく話していたが受話器を大きな手でおおい、いまから見にいくかといった。わたしはイエスである。ひとにたよっている身でほかになんの返答ができようか。

ここからあるいて十分くらいだがくるまでいこうということになった。ボルスキーは二百四十ポンド以上の体重があるそうで、それはもちろんあとからきいたことなのだが、歩くのがにがてなのかもしれなかった。歩くときは両うでをそろえて左右にふる、ふとったひとに特有な歩きかただった。

われわれがパットン・アベニューの五十一番に着くと、ちょうど大家のおばさんも自動車でやってきたところだった。そこはかべをうす緑色にぬった三階建ての一軒家だった。空いているのは急な階段をあがったうえの屋根裏の二部屋の家具つきアパートだった。

ボルスキーはしかつめらしくフロ場の水道をひねったりしていたが、気に入ったかとわたしにきいた。わたしはイエスといった。きのうアメリカについたわたしには判断のしようもないのだ。おばさんはうれしそうににこにこしていた。いろが白くて足のふといひとだった。おばさんはそれからなにやら事務的なことをせつめいしているようだがわたしにはわからなかった。家賃が月に九十五ドルなのは新聞でしっていたが、保証金が一か月分で決めるのだったら合計百九十ドル払うということらしかった。

ボルスキーが、きみかねをもっているか、もっていなかったらわたしがチェックではらっておくといった。わたしはトラベラーズ・チェックと現金をあわせていわれた金額を支払った。そしておばさんのさしだした二枚の紙にサインした。おばさんは、サンキュー、サンキューとかんだかい声で二度くりかえした。

階段を下りながらおばさんはしきりにボルスキーに話しかけていたが、内容はわたしにはわからず、ことばのあいだにはいるプロフェッサー、プロフェッサーという迎合するようなひびきが耳にのこった。ボルスキーはくるまでまた大学にもどった。わたしの米国最初のすみかはこうして午前中に決まってしまったのである。


午後研究室にもどるとボルスキー、トム、ジムの三人のほかにポーラというハンガリー人の実験助手がいた。姿勢がよすぎてそっくりかえっているような女だった。

ボルスキーはアパートのぐあいはどうだったときいた。

オーケーかときくのでオーケーだと答えた。

かれはいいところがすぐに見つかってよかったなといった。

ボルスキー夫人が夕方当面必要なものをもってきてくれた。シーツとまくらカバーはやはりボルスキーの家から借りた。じぶんのを買ってから返してくれればよいということだった。ボルスキーが今夜からはじぶんでやれるとおもうかときくので、今夜からはじぶんでやれると答えた。フリーザーにいれて氷をつくるプラスチックのいれものはどこで買えばいいのかとわたしがきくと、ナッソー通りにでてすぐの金物屋にあるといった。それから、アイス・キューブ、アイス・キューブとくりかえした。そういえばわかるといういみだろうか。かえりぎわにアイス・キューブと食料を買おう。これも修行というものだ。

帰りにまずウールワース（注）で日記帳を買った。そして小さな食料品店でTVディナーという冷凍の詰め合わせを買った。テレビを見ながらあんちょくにたべる晩ごはんで、じゃがいもとかグリーン・ピースとか肉とかが上品にアルミの容器に幕の内弁当のようにならべられているさびしい加工品だった。

アイス・キューブは買わなかった。ちょっと自信がなかったし、それにボルスキーのワイフがあしたもってきてくれるといったからである。さいごにナッソー・ストリートから家の通りにはいる角の酒屋で冷えたビールを半ダース買い、アパートに着くとさっそく一本あけてのみ、飲み残りを冷蔵庫にいれた。

ベッド・ルームにいってベッド・カバーをはいだときかびくさいにおいがしたがこれくらいはしかたがないとおもった。その晩はTVディナーをこれまたボルスキーの家から借りたフライパンに電熱器のついたやつであたため、残りのビールをのみながらたべた。

よっぱらってしまうとこの陰気な屋根裏部屋もがまんできそうな気がしてきた。少々もんだいになりそうなのはフロ場の湯だった。最上階のせいか数分シャワーにはいっていると湯が冷たい水に転じてしまった。わたしはまえからフロがきらいなほうだし、シャワーも五分もあびているともう出たくなる。だから夏のうちはどうということはないが、これから寒くなってくると困ったことになるかもしれない。しかし、そういうことはいざ困ってから考えることにした。しかし気になるのはベッドだ。カバーがかびくさいのはそのうちなんとかなるだろうが、ベッドがむかしのものでいやに高い。よじ登るようにしてはいあがると屋根裏部屋のななめの天井が顔にくっつきそうになった。ベッドにうつぶせになると窓ごしにパットン・アベニューの地面がまともに見えた。

このベッドはいつまでたっても好きになれそうもない。パットン・アベニューは背の高いうっそうとした並木がつづき、めったにひとのすがたを見ないような、できたらさけて通りたいようなうっとうしい通りであった。風のない夜は夜がふけるともの音ひとつしない。風のある夜は葉の生い茂った枝がごうごうときみのわるい音をたてる。そういうことはあとでわかったことだ。アパート中の電灯を、階段もリビング・ルームもベッド・ルームも便所もぜんぶつけてもまだ暗かった。心細くなってきたのでスーツケースから餞べつにもらってきたヨーロッパの長周波用のソニーのポータブル・ラジオをだしてきてスイッチを入れてみたら予期に反して音楽がなりはじめた。わたしはすっかり平和な気分になった。

ブザーが急になったのでわたしはベッドから飛び下りた。家の前に黄色のライトバンがとまっていた。電話会社から電話のとりつけにきたのだった。ボルスキーが手配しておいてくれたのだ。電話屋はものもいわずにずかずかとあがりこんできた。

テーブルのうえをかたづけるひまもないので、ゆうべなにを食ったかあきらかだったが、電話屋は無表情だった。そして、受話器はまえにあった場所でよいかときいた。わたしはイエスといった。取り付けは瞬時におわってしまい、電話屋はどこかとなにやら交信していたが、ポケットから紙を一枚ひきだすとそれにサインしてくれといった。わたしがサインをすると、ハブ・ア・ナイス・デイといってでていった。階段のところで、支払いは？　ときくと、あとで請求書がくるはずだといった。ベッド・ルームにもどると電話屋がくるまにむかって歩いているところだった。わたしはまだパジャマをきたままだった。

電話屋の自動車が動きだすのを見ていると、ひとりの日本人の名がとつぜん記憶のなかに浮かび上がってきた。青山という名だった。

わたしが青山氏に会ったのは一年まえ、アメリカ大使館付きの武官だったウォーカーさんの西麻布にある家だった。わたしが大学院生で向丘に下宿しているころ近所にアメリカ大使館につとめている賢婦人がいて、そのひとのところでときどきごはんをごちそうになったりしているうちに、アメリカにいかれるんならウォーカー夫人がボランティアで英語を教えているからぜひいきなさいといわれてウォーカー家をたずねることになった。最初の日にそこでやはり英語をならいにきていた青山氏に会ったのである。ウォーカー夫人が青山氏をわたしに紹介してくれた。ウォーカー夫人は妊娠していておなかがずいぶん出ていたがりっぱな体格の女性で家のなかでも黒いハイヒールをはいていた。わたしはなにをしゃべったのかもうおぼえていない。ハノイで爆弾をおとしている悪い国のしかも武官のかみさんだとおもっていても、夫人のきぜんとした態度をみていると明治のころ伝道と教育の使命をもって来日した西洋夫人をみるようで畏敬の念を深めたのである。わたしはおどおどしていたが一年以上もかよっている青山氏はおちついたもので夫人の質問にいちいちはっきりと答えていた。その日青山氏とわたしはいっしょにウォーカー家を辞した。せっかくお近づきになったのだからどこかでコーヒーでものんでいきませんかと青山氏はいった。われわれは渋谷駅のちかくの喫茶店にはいった。どこかのビルの二階のフルーツ・パーラーだった。青山氏は内閣総理府調査局に勤務しているお役人で半年後にはプリンストン大学に留学することが決まっているといった。もともと東京外大でロシア語を専攻したひとで、ロシア語はなんとかなるが英語はじょうずでないといった。あんなにじょうずに英語をしゃべるのにロシア語はもっとじょうずなのかと、外国語のどべたなわたしは感心した。これはずっとあとになって知ったことだが、外国語にかんしてはほんのすこしでもひとりがじょうずだと双方がみとめたとたんにまるでボスザルとその子分のようなかんけいがたちまち成立してしまうことがある。

青山氏に留学の予定をたずねられて、なんのあてもなかったわたしは近い将来できたら米国のどこかの大学で勉強したいとおもっていると自信のない答えかたをした。

青山氏とはもう一度ウォーカーさんのお宅で会った。よくは覚えていないが、二度目のとき日本人の名前はそれぞれ意味があるというような会話になった。自分の名はブルー・マウンテンで有名なジャマイカのコーヒーと同じなのだ。ウォーカーさんのはどうですか、と青山氏がきくとウォーカー夫人はべつに意味はない、歩くひとというくらいの意味だといった。

三回目にウォーカーさんをたずねたとき、わたしはきめられた時間よりおそくいった。どこかでまたぐずぐずしていたからだろう。ウォーカーさんの家に着くと青山氏はいなかった。もう帰ってしまったのかとおもっているとウォーカー夫人がミスター・アオヤマは都合でこれなくなったといった。わたしはろうばいしてしまった。いまからだれかにあわなくてはならないというようなみえすいた言い訳を急造するよゆうもなくわたしは応接間にあがりこんだ。そして三、四十分ウォーカー夫人と向かいあうことになった。しかし、どういうわけかウォーカー夫人もその日はなんとなく落ちつきがなくいつもとちがうようにおもえた。夫人にはどこかに子供をむかえにいくような用事があったのかもしれない。青山氏がこなかったのもウォーカー夫人のほうのつごうではなかったか。それをわたしのほうに連らくできなかったのかもしれない。そうだとしたら夫人はせっかくやってきたわたしにいやな顔もせずあいてになってくれたのだ。どういうわけだか、わたしたちは子供のしつけについてのはなしをしたようにおもう。そして、たぶんだれにとってもいちばん苦手な外国人あいてのおいとまの言い訳もその日はいらなかった。わたしがちらりと時計をみると夫人は待っていたようにもういかなくてはいけないのかときいた。わたしがイエスというとすぐに立ち上がって玄関までおくってくれた。わたしはそそうがなかったかと下宿に帰りつくまでさきほどの会話をはんすうした。四、五日たって賢婦人にあったら、ウォーカー夫人がニシガワラさんはりゅうちょうに英語を話されるといっていましたよといわれ、穴があったらはいりたいような気分になった。ウォーカー夫人とはそれ以後会っていない。もういちど会う予定になってはいたのだ。ウォーカー夫人のお産が近づいたので英語の指導が続かなくなり、お別れの会を青山氏とウォーカーさんとできめたのだった。そのときは、わたしのほうの都合でいけなかった。あるいはもうアメリカ夫人はこりごりだという気持ちがあったのかもしれない。青山氏があとで電話をくれて、西河原さんがこれなくてウォーカー夫人がざんねんがっていましたよといった。わたしはわるい気がしなかった。お別れ会には青山夫人も和服で同伴しウォーカー夫妻のまえで琴を演奏してみせたというのをきいて、やっぱりいかなくてよかったともおもった。

それで英会話のべんきょうはおしまいになった。

ニューヨークから帰国したばかりの田代教授に英会話のべんきょうのはなしをしたら、これからアメリカにいくというのに英会話のべんきょうなんかしたってはじまらんでしょう、どうせやくにたたないんだからといわれてほっとした。

こうして青山と近づきになったしだいであるが、渋谷のフルーツ・パーラーで青山からきいた「プリンストン大学に留学する」ということばが鮮明によみがえってきた。いや、確信はないがたしかにそういったようにおもえる。あのとき以来青山のことは念頭からはなれていたし、プリンストンに来ることが急にきまったのも三か月まえだし、青山に連らくをとろうなどとはヨーロッパを旅行中もかんがえてもいなかった。電話屋が帰るのを見ていてかんけいのない青山のことばを思い出すとはふしぎなことである。ともあれ、あのようにしっかりした頼りがいのある青山にこの大学まちで会うことができたら千人力というものだ。わたしは牛乳をあたためてのむとさっそく青山探しを開始した。牛乳をあたためたのは冷たい牛乳をのむと下痢をする傾向があったからである。

わたしはまず政治学部に見当をつけた。青山が政府の役人だからという単純な理由からだった。プリンストンにはウッドロー・ウィルソン政治学研究所というのがあり、わたしには見当もつかないが有名なのだそうで、その噴水のある超モダンな建物がわたしのいる化学部のすぐとなりにあった。その建物はヤマサキという日系人が設計したものでヤマサキ・ホールともいうのだとボルスキーがおしえてくれた。ヤマサキ氏はのちにニューヨークにワールド・トレード・センターを設計した建築家である。ウッドロー・ウィルソンのビルはきれいだが古風なプリンストンのキャンパスにはあわないというひともいるとボルスキーはいった。建物にはいると国連の総本部に家庭の事情をもちこむようで気おくれがした。わたしは決心して受付の女のひとにアオヤマという日本人を探しているんだがといった。受付の女は少々こわい顔をしていたがきがるに名簿をくって探してくれた。わたしは姓はアオヤマだがファースト・ネームはわすれてしまったと、きかれてもいないことをいった。女のひとは名簿をなんかいか調べたあとで、ざんねんだがアオヤマという名はないといった。わたしは見つからないのはファースト・ネームを忘れたせいだというようなきがしてがっかりした。女のひとはミスター・アオヤマは学生かときいた。学生かどうかそれはしらないがプリンストンに去年からべんきょうにきているはずだといった。大学院の学生だったら全学生の名簿がダレス図書館にあるからそこへいってみたらどうかといってくれた。わたしはジョン・フォスター・ダレス記念図書館というところにいってみた。日本にいるときはダレス国務長官というのは三十八度線にスミレを摘みにいくふりをして朝鮮戦争に火をつけた人相のよくない悪玉だといわれていたが、ここではプリンストン出の偉いひとらしかった。こんどはおじいさんの書記のようなひとが調べてくれた。まっているあいだに水道橋の文京区役所にもこんなおじいさんの係員がいたとおもった。そして青山の名が見つかったのである！

カツミ・アオヤマは社会学部の大学院生であると書記がはっきりいったときは天のお助けだとおもった。しかし、書記は青山の住所も電話番号もくれようとしなかった。おそるおそるアオヤマさんのアドレスはときくと、アドレスはこの名簿にはでていない、アドレスがしりたければこのひとは社会学だからグリーン・ホールに行かなければならない。グリーン・ホール？　せっかく青山の名前が見つかったのにまたまた絶望的な状態にもどってしまった。全身から力がぬけるような気がし、そんなむちゃなといいそうになった。わたしはがっかりした。しかしこの老人は見かけによらず親切なひとらしかった。大学案内のパンフレットをもってきてその最後のページにあるキャンパス地図でグリーン・ホールの所在をしめしてくれた。それだけでなく、出口までついてきて、ここをまっすぐいって階段をおり、いま自動車の走っているあの道路を横切るとすぐ左角の古い三階だての建物がグリーン・ホールだと指さしておしえてくれた。

老書記の指示にしたがって道路を横切り建物に到着するとグリーン・ホールはわたしの属するフリック化学実験所の入口のすぐまえの建物であった。もう正午にちかくひどく暑かった。じぶんの実験室にもどってひと休みしようかともおもったが、のりかかった舟だという気持ちでグリーン・ホールにはいっていった。なかは静まりかえっていてひとのいない教会のようだった。半ズボン姿の学生のような若い男がひとりいすに座って本を読んでいた。るす番のアルバイト学生らしい。わたしがはいっていっても本から目をはなさなかったがしばらくしてひとの気配を感じたのかこっちを見てにっこりしてみせた。わたしがカツミ・アオヤマという学生のアドレスがしりたいんだがというと、受付の机のひきだしから学部の住所録をとりだし要領よくアオヤマの名を探しあて、アイゼンハウアー通りにある青山の住所と電話番号をメモ用紙に書き写してくれた。そして、いま電話するんだったらそこの電話をつかってもいいといった。わたしがもじもじしていると若者が、電話をかけてあげましょうかといったのでほっとしてうなずくとすぐに番号をぐるぐる回しはじめた。これで青山とふたたび話ができるのかとおもうとわたしは緊張した。しかし若者はくびを横にふりはじめた。だれも電話にでなかったのだ。夏休みですからと若者はいって住所を書いたメモ用紙を渡してくれた。もう一、二週間すれば授業が始まるからみんなもどってきますよ、というようなことをいった。

暑かった。しかし空腹だったのでカフェテリアにいった。カフェテリアも森閑としていてつめたいサンドイッチくらいしかおいてなかった。わたしは魚の缶詰のサンドイッチをアイス・コーヒーでのどに流しこんだ。さっき若者がくれたメモ用紙をもういちどたしかめてみたがアイゼンハウアーという通りは大学案内の小さな地図にはなかった。新学期が始まるまで二週間ばかり待たなければならない。けさ急に青山のことを思いついて探索を開始したが、それでもかれの住所と電話番号だけでもつきとめることができたのをよしとすべきであろう。けさ家をでるときは、青山がたしかにプリンストンに留学するといったかどうかさえたしかではなかったのだから。

まずいサンドイッチをともかく食べおわるとカフェテリアを出た。カフェテリアには冷房がなく長くすわっている気がしなかったからだ。実験室にもどるとボルスキーがにこにこしてアパートのほうはもう落ち着いたかといった。わたしはイエスと答えた。へんじをしながらイエス、イエスばかりでなくもうちょっと気のきいた答えかたもありそうなものだとおもった。

ボルスキーは白いプラスチックのカードをくれて、もしペンだとかノートだとか文房具が入り用だったらユニバーシティー・ストアーでかってに買っていいといった。このカードをみせてサインするだけでいい、この学部は金持ちだからといって笑った。わたしはアメリカの大学はずいぶん大様なものだとおもった。そして計算尺を買ってもよいかと聞いた。当時はまだ計算尺というものがあったのだ。ボルスキーはもちろん必要なものは買ってくれ、いちいち聞く必要はないといった。みんながかってにカードをみせてサインをしてすきなものを買ってうちにもって帰ってしまったらどうなるのかと、わたしは後進の貧乏国からきた小人物らしい発想をした。ゆっくりじかんをかけて家のなかのことを先にかたづけてしまってからしごとをはじめたほうがいい、うちに帰って落ち着かないと研究に集中できないとボルスキーのほうはますます大人物になってきた。わたしは落ち着くために家に帰った。一階の住人らしい三十代の男が上半身はだかでドアのそとに立っていた。陰気くさい感じの男だった。ハローというと、にこりともしないでハローといいかえした。それはロシア語をはなすポーランド人だとのちにわかった。屋根裏の部屋に着くと三時前だった。わたしは部屋がずいぶん陰気なことに気づいた。街路樹が茂りすぎている。下の男が陰気なのもこの家に長く住んでいるせいではないか。わたしはしばらく食事のテーブルの前に座って放心していたが目の前に電話機があったのでポケットからメモ用紙をとりだすと青山の番号を回してみた。わたしは留守宅の番号を回して電話の練習をするようなつもりでいたのである。するとおどろいたことに向こうでだれかがただちに受話器をとりあげた。

「ハロー」

わたしは肝をつぶした。そしてしどろもどろでいった。

「ハロー。ミスター・アオヤマ？」

「イエス。スピーキング」

「あのー、青山さんですね」

「そうですが」

「あのー、東京で一年ほど前にお会いした西河原ですが」

「ええっ、西河原さん。いまどこにおられるんですか」青山の聞き覚えのある関西なまりだった。

「プリンストンにいるんですよ」

「おどろきましたねえ。ご旅行ですか。しばらくおられるんですか」

「二年くらいいる予定なんですが」

「そうですすか、いつ来られたんですか」

「おととい着きました」

「そうですか。いやー、なつかしいですね」

「青山さんがたしかプリンストンにいくといわれたような気がしたので、きょうはいろいろと探したんですよ」

「電話帳で？」

「いえ、電話帳に気がつかなかったもんで、青山さんは政治学だとおもったもんだからまずウッドロー・ウィルソンにいって、そこで図書館にいけといわれてそこで青山さんの名前を見つけて、それからグリーン・ホールにいってそこでやっと住所と電話番号がわかりました」

「そりゃーたいへんでしたね、タライ回しになっちゃったわけだ。グリーン・ホールにはだれもいなかったでしょう」

「学生のようなのがひとりいて青山さんの番号にかけてくれたんだけど返事がないのできっと夏休みでどこかにでかけているんだといわれてあきらめていたところです」

「いやー、貧乏学生で旅行するよゆうなんかありませんよ。ずっと夏中ここにいますよ。いまちょっと家内と食料品の買い物に出かけていたんですよ」

「そうですか。青山さんのつごうのいいときにいちど会いたいとおもっているんだけど」

「もちろん。きょうはどういうご予定ですか」

「べつに予定はないんだけど」

「そうですか、それじゃあ今夜うちにめしでも食いにきてくださいよ。家内もよろこびますよ」

渡りに舟とはこのことだとわたしはおもった。

「いやあ、とつぜんでわるいねえ」

「そんなことありませんよ。こっちもたいくつしているところだから」

「おことばに甘えたいところだけどどうやって行けばいいのかしら」

「ぼくが迎えにいきますよ、じつは一週間まえにくるまをかったばかりでねえ。まだ仮免なんだけど」

「自動車を買ったんですか。すごいなあ」

「なに、新車じゃないんですよ。こっちは中古ならいくらでもやすいのがありますからね。ところで西河原さんいまどこにおられるんですか」

「パットン・アベニューという通りの五十一番というところ」

「パットン・アベニュー？　うちのすぐそばじゃないの」

「そうですか」

「あるいて十分もかかりませんよ。車だったら一、二分ですよ」

「そんなに近いの」

そこで一瞬の沈黙があった。

「西河原さんいまなにやってるんですか」

「なにもやっていないけど」

「それじゃあ、いまからちょっとそっちへいっていいですか。夜はまあ夜ということにして」

「来てくれるんですか。それはありがたいなあ。どこだかわかりますか」

「わかりますよ。しょっちゅうパットンを通ってグリーン・ホールにいっているんだから。ちょっとまっていてください、五分かそこらでそっちへいきますから」

「わたしも下へおりていますよ」

こういうひとはつきあいやすくて気がらくだ。こっちの気持ちをさっしてもらおうとどりょくする必要がない。わたしはくつをはいて階段を下りた。通りに出ると黒い小型車が大学と反対方向の角を曲がってこちらにちかづいてきた。それが青山だとすぐにわかった。くるまが目のまえに止まると日焼けしてややふとった半ズボンの青山がおりてきた。青山はアメリカ流に手をさしだし握手をもとめた。そして第一声で「プリンストンに来られておめでとうございます」といった。わたしにはなにがめでたいのかわからなかったがそれでもわるい気はしなかった。

「ああ、このうちですか」

「いちばん上の屋根裏です」

青山は三階の窓を見上げていた。

「よかったらうえにあがりませんか」

「そうですねえ、ちょっとみせてもらいましょうか」

「みせるようなもんじゃないけど、とにかく、どうぞあがってください」

ふたりはせまく途中で直角に曲がっている急な階段をのぼった。

「こんなとこですよ」

わたしはトイレもいれてみっつしかないドアをぜんぶ開けてみせた。

「まあ悪くないですね」と青山はいった。

「そうですか」

わたしはアメリカ人の住んでいるアパートというものを一度も見たことがないのだった。ホテルに泊まったあくる日ここにつれてこられて直ちにきめてしまったのだから比較のしようもなかった。しかし、青山があまり感心していないことはあきらかだった。「西河原さん、これでいくらはらっているんですか」ときいたからである。

「一か月九十五ドルの契約なんだけど」

「九十五ドルねえ。西河原さんここは台所も流しもないでしょう」

「台所はないけど冷蔵庫があるからなんとかなりますよ」

「あの、西河原さんは自炊されるんでしょう」

「そうです」

「流しがなくてどうやって料理するんです？」

「料理はめんどくさいからほとんどしないとおもうけど、水がいるときはトイレでやります。電熱器がそこにあるけどたべものをあっためるときはその電気フライパンでやるんだ。教授のおくさんがかしてくれたんですよ」

「西河原さん、流しもガスレンジもない部屋を一戸のアパートとしてひとに貸すのはアメリカでは違法行為だということをごぞんじですか」

違法行為とはめんどうなことになってきたなとわたしはおもった。

「でもまあなんとかここでやっていけそうですよ。たしょう陰気くさいけど。それに教授がせっかく見つけてくれたアパートなんだから」

「西河原さんの教授が探してくれたんですか」

「新聞広告で探してくれたんです」

「新聞って、タウン・トピックスかな」

「そう、それだ。タウン・トピックスでしたよ」

あれもずいぶんいいかげんな広告が多いからなあ、と青山がいったようだった。台所もない屋根裏部屋に月九十五ドルもとるとはけしからんと青山がおもっていることはまちがいなかった。こんなアパートを軽率に決めてしまったために青山に不快な気分をあたえてしまったのではないか。わたしはわるいことをしたとおもった。やはり、ひとごとながら義憤を感じてくれているのだからありがたいとおもうべきだろう。

「ここは研究室に近いのがとりえですから」

「そりゃそうだけど。西河原さん、もっといいところがこのねだんであったら移りますか」

青山は首をかしげ、目を半分とじて心当たりでもあるかのような顔つきをした。

「ええ、わたしは身軽ですから。荷物は十箱ばかり船便で大学宛に出してきたんだけど六週間から八週間かかるそうです」

「そうですか。そのあいだなにか入り用なものがあったらなんでもいってください。一応うちに帰りますけど夕方食事ができたころまたむかえにきますから」

あさから歩きまわって汗をかいていたのでシャワーにはいった。まだ下の住人が帰っていないから熱い湯がさいごまで出るだろうとおもったがやはり十分足らずで冷水になってしまった。フロ場の窓から裏庭をみると垣根のわきにリンゴの木が一本ありまだちいさな果実がなっていた。残暑の季節であったが目にはいる何軒かの木の多い裏庭の夕景には秋のけはいが感じられるようで感傷的になった。わたしは食卓のあるおおきいほうの部屋、つまりリビング・ルームとまあ呼べないこともない部屋にながいことすわっていた。天井はやはり傾斜していたが東側の側面にこの階でただひとつのおおきな窓があった。その窓からもとなりの家のかなり大きな庭がみえた。きょうだいらしい小さな男の子と女の子があそんでいた。わたしはどのくらいそこにじっとしていたのだろうか。うとうとしていたのかもしれない。青山からの電話で正気にかえった。

「いまから迎えにいきますがいいですか」

わたしはネクタイはつけなかったが夏のスーツを着用して下におりた。青山は半ズボンのままだった。青山の真っ黒の四角いちいさな自動車に乗りこんだ。発車するときぎいぎい音がして車体がゆれた。そしてくるまは見た目のとおり乗り心地がわるかった。

「あまりみかけないくるまですね」とわたしがいうと、青山は「ドイツ製なんですよ」といった。

「へえ、ドイツ製ですか。めずらしいくるまですね」

「ぼくはもっとアメリカ製のゆったりしたくるまがほしかったんですがね。女房がこのほうがガソリンのけんやくになるといってどうしても聞かないもんだから」

わたしはずいぶん日本的なかんがえだなとおもった。こういう女のひとは生活の信条をつらぬくのだとおもった。意志が強く信条をまげないひとをわたしはおそれる。

ハリソン通りを二、三ブロックいったところでくるまは左に折れた。そこにプリンストンの家並とはまったくちがう光景があらわれた。軍隊のバラックのような集落の一群だ。あとできくと、それはやはり陸軍からの払い下げのバラックを大学が買い取って学生用に配置した数区画なのだった。近接した住宅の住人の要請で大学は目かくしのさくを張りめぐらしたということだ。そのバラック群の中の通りから二軒めが青山の住居であった。

「これがわが家です」青山はドアの取っ手を引きながらいった。

「はじめまして、青山の家内です」細君があらわれてあいさつした。

細君がお茶の水の出で哲学を専攻したひとだとは渋谷のフルーツ・パーラーで青山からきいていたが会ったのはこれがはじめてである。夫人もやはり総理府に勤めておられたということだった。はつらつとした健康美のようなひとではなく、ほっそりとして黒目のおおきな理知的な女性だった。このひとが大学を出て総理府に職をえたとき局内の男性たちはおだやかでなくなり、けっきょく彼が恋の勝利者となったいきさつを青山がもらしたことがあったが、これがその当人だったのだ。

「図書館にいかれたそうですね。あそこの二階のオリエンタル・ライブラリーにわたしおつとめしているんですよ。大きい図書館だしわたしは臨時雇いだから階がちがうともう知らないんですね」

「そうでしたか。近いところまでいったわけですね」

「日本の新聞や雑誌もありますから時間があったらときどきよってください。あそこでよく日本人どうしが知りあいになるんですよ。青山の奨学金がすくないんで青山の先生が紹介してくださって、わたしは図書の整理をてつだっているんです」

「そうですか。日本の新聞が読めるなんてありがたいなあ。きょうはよばれたのにもってくるものもなにもなくて」とわたしは正直にいった。

「とんでもない。着かれたばかりでそんなご心配はしないでください」とふたりはいった。青山も細君も心底そうおもっていっているのだった。

「この数区画は貧乏学生の住まいなんですよ」

「既婚学生の?」

「いや、独身でも共同ではいっていますよ。もちろん結婚している学生がおおいけど」

「独身の大学院生はグラデュエート・カレッジにすんでいるんですよ。GCといって、大学のキャンパスのむこう側にあるんだけど、あそこだと食事つきだから」

「ぼくは研究室と下宿とそれにナッソー・ストリートくらいしかまだしらないから」

「西河原さん暑くないですか。エヤコンもあるんですが家内がきらいなもんで使ってないんですよ。うまく動くかどうかわからない」

だいじょうぶですとわたしはいった。

そこへ細君が食事のしたくができたといってきた。青山はたちあがって台所に皿にもりつけられた料理をはこびにいった。われわれはリビング・ルームにそなえられたテーブルにすわっていたのだった。食事は小牛を煮てソースをぐちゃぐちゃかけたものを皿に上品に盛りつけてあるフランス料理のクシャクシャとかいうものだった。

「西河原せんせいはフランスからいらっしゃったばかりなのにこんなものをお出ししてはずかしいですわ」

「パリに二週間ほどいたけどフランス料理なんかまともに食べてこなかったですよ」とわたしは取りつくろっていったが、まともなフランス料理どころかつい二、三日まえにはサンミッシェルの「美津子」という日本めしやでスキヤキを注文し、スキヤキもひどいがメシもあまりにボロボロで、犬でも遠慮しそうなやつをがまんしてビールの助けでのみこんだばかりだったのだ。

「どうぞまずビールをのんでください。このシュミッツというビールが日本のビールにいちばん近いあじなのでわたしはこれを愛用しているんですよ」

わたしは食事のあいだも食事のあともフランスの文化がどうのとか、パリの光景がこうのとか愚にもつかんようなことでごきげんをうかがったのである。

「わたしたちもあと一年たったら日本に帰るんですが、このひとの専門の関係でソ連にいく予定なんです。そのまえにパリにいくのがわたしは楽しみで西河原せんせいがときどきいらっしゃってくださってヨーロッパのおはなしをしてくださったらほんとにうれしいわ」

ビールしか飲んでいないのにわたしは半分よっぱらってしまった。

「アメリカに来て青山さんのところでごちそうになるのもウォーカー夫人のえんですねえ」

「ウォーカーさん一家はあれから日本を引きあげていまカリフォルニアにすんでいるんですよ。このまえなつかしくて年賀状がわりにてがみを書いたら、あなたの英語はたいへん上手になったという返事がきましたよ。ひとが友人として手紙を書いているのに英会話の先生としてしか返事がかけないんだからアメリカ人というのはだめですねえ」

頼もしいひとに出会ったものだ。アメリカ人のことをそんなぐあいに批判できる日本人もいるのだ。

「西河原さん、ぼくの専門はソ連研究なんですがとりあえず東欧とソ連の旅行記を書こうとおもっているんですよ。じつをいうともう書きはじめているんですよ……」

青山は分厚いノートを何冊か本棚から取りだした。

「ちょっとはずかしいけどここが自慢のシーンなんですが、レニングラードでホテルにとまり、あくる朝ぐうぜんわかったことだがそのホテルはレーニンが亡命先のスイスからもどって、最初にバルコニーから民衆にむけて演説をぶった有名なホテルだったんですねえ」

……そこで急にカメラをもってあわてておもてにでてそのバルコニーの写真をとることになるはずのそのホテルなんとかに青山は来年泊まる予定になっているのだった。

それにしても、まだ行ってもいないところの旅行記をもう書いているとはなんという空想力であろうか。旅行記とはこうして書かれるものなのか。

「西河原さん。プリンストンのようなアメリカの金持ちの大学にくるといろいろ面白いことがありますよ」

ここにくると物知りになりそうだった。

「ぼくは専門の関係でプラウダをとっているんだけどこれがモスクワから週に一回送られてくるんですよ、局どめで。何回分かたまると郵便局から丁重なはがきがくるんです。郵便物が着いているからつごうのいいときに取りにきてください。そして郵便局にいくとあきらかにわたしのことを調べているんだなあ。ぼくの写真をとっているかもしれない。とにかくアメリカの郵便局は日本の郵便局よりずっと権力があるしＣＩＡのまわしものなんですよ」

一年やそこらでこんなにアメリカ通になれるものなのか。わたしは感心して青山の話をきいていた。

なんとゆったりした心地よい夜なのだろう。日本語をはなしながら食事をしたのは何日ぶりだろうか。だが夜もふけるとおいとましなければならなかった。青山夫人はおなかがへったら食べてくださいと、残った煮物をアルミ・ホイルに包んでもたせてくれた。

「西河原せんせい、だいじょうぶですか。送っていきましょうか」

わたしは、だいじょうぶですといった。

ハリソン・アベニューをゆっくり歩いて帰ると満月で夜道は明るかった。わたしはひさしぶりに京都にいる近眼の母親のことをおもった。母親はほっそりとして色が白かった。母親の姉は大阪にすんでいる。おばは母親とちがって色もくろくふとっている。夏になるとあついあついといってゆかたのすそをいつもたくしあげていたので陰毛がみえた。そのおばはまだ大阪でげんきにしているのだ。

とつぜん大きな鳥が一羽ばたばたと羽音をたてて並木の枝から空にまいあがった。下宿にたどりつくとわたしはカギでそっとドアをあけ、音をたてないように階段を上った。そして幸福にねむった。


その夜いらいわたしは三日にあげず青山の家をたずねるようになった。青山は話しずきで、わたしはかれの関西なまりのある語りくちをたのしんだ。話題といえば当時はベトナム戦争のことがだいいちだった。青山によると大学院生の関心はまずどうやって徴兵をのがれるかということだそうだ。学生があつまると、大学院を一時休学して義務教育の、とくに小学校の先生になる、教会にはいって僧籍をとる、カナダに逃げるというようなはなしばかりですよと青山はいった。

「こんなことでは戦争に勝てるわけがないですよ、国民が戦争をいやがっているんだからそこを政府は認識しないといかんのですよ。ぼくは社会学のセミナーのときもいつもそういうんですよ」

外国人がそんなことをひとまえでいってもいいものなのか。わたしは田代教授からアメリカにいって戦争や政治のはなしをしてはいかん、ボルスキーだってハノイ爆撃には賛成なんだからと釘をさされてきたのだ。

「なに、ここは大学だもの、言論の自由というものがある。社会科学をべんきょうしていていいたいことをいわなかったら話になりませんよ」

わたしはそれまで言論の自由というようなものは空語だとおもっていたのである。

「だけど青山さんは政府のお役人なんでしょう」

「わたしはいつまでも総理府ではたらくつもりはないんです。将来は社会学者としてやっていこうと決めているんです」

夫人をみると青山の決意の宣言ともいえる発言になんどもうなずいている。青山の将来計画を夫婦のあいだでなんども確認しあっているのがわかるようだった。だが夫人は文学の話題のほうがもっとすきだった。青山がロシア語を専攻したせいであろうかふたりともよくロシアの大作家のことを口にした。ドストエフスキーについてどうおもわれますかときかれてわたしは面食らってしまった。ひとは三十をすぎるとそんなはなしはしないものだとおもっていたからだ。じつは読んでないからしらないのだというと困ったことになるとおもい、ドストエフスキーは読者に深刻癖を押しつけるからすきでないといった。すると、じゃあトルストイは？と切りこんできた。トルストイは、短いものならきらいじゃないですがといった。みじかいもの？　トルストイの短いもの？　とまじめにかんがえているようなのでまずいことになったとおもってコップのシュミッツ・ビールをがぶがぶのんだ。それでは西河原さんはトルストイの長編小説はお好きじゃないんですかというので、どれもあんまりすきじゃないむねをつたえると、夫人はとつぜん「『戦争と平和』もですか？」と詰問するような口調でいった。『戦争と平和』は神聖なものだったのだ。踏絵みたいなものかともおもった。

「ぼくはこれまでに『戦争と平和』を五かいもロシア語で読みましたが、なんかい読んでもかんげきしますね」と青山のほうもからだをいすから起こしていった。

わたしはさきほどからシュミッツ・ビールを何本ものんでいたので便所をかりた。便所に立っているとくらくらしてきて亭主の好きな赤エボシというようなことばがあたまのなかで回転した。

席にもどると青山夫妻はベトナム戦争と『戦争と平和』のことをはなしていたらしい。

「この戦争のことを西河原せんせいはどうおもわれますか」ときた。

「戦争はやっぱりよくないですね」

「もちろん戦争はわるいんだけど、どちらの側に責任があるとおもわれますか」と青山のほうがきいた。

「そりゃあアメリカに責任があるんじゃないですか」

「そのとおりですよ。アメリカはただちに北爆を中止して東南アジアから撤退すべきですよ。世界中がそうおもっているんだ。それがだんだんエスカレートしてきて、ハノイの学校や病院まで毎日爆撃しているんだから気違いざただ」

「なぜこのくには戦争を続けているんでしょうね」

「それはもちろん戦争屋のロビーが強いからですよ。それにアメリカ人にはばかなやつがおおいんだ」

「ばかなやつはどこの国にもいるとおもうけど」

「もちろんばかなやつはどこの国にもいますよ。しかしね西河原さん、アメリカ人はじぶんの国が爆撃された経験がないから空からじぶんの住んでいる家に爆弾が降ってくるということがどんなことなのかしらないのですよ」

「そうですね」

「ワシントンかニューヨークに一発でいいから爆弾をおみまいしてやればいいんだ。そうすればえらそうなことをいっているアメリカ人も真っ青になってしょんべんのたれながしになるにきまっていますよ」

わたしは冗談にアメリカだって女は肝がすわっているにちがいないから、そんなときおしっこをもらすのは腕自慢の男だけでしょうといおうとしたがふたりが真剣なめつきをしているのでやめた。ジャック・フレスコの毛の生えた太い腕が頭をかすめた。

「西河原さん、せんせいの仕事は戦争のえいきょうをうけるようなことはないですか」

「もちろん、えいきょうがあるとおもいますよ。研究費だってそのために削減されているようだし」

「ぼくらはもっとなにかしなければいけないとおもうんですよ。国が間違ったことをしていると き黙っているのはよくない。そうじゃないですか」

「そりゃ青山さんのおっしゃるとおりだけど、ぼくらになにができるんですか」

「ぼくらにもなにか、なにかできることがあるとおもうんだ。なにか、そのサムシングですよ。そのサムシングをさがさなければいけないんだ」

「ぼくらにもなにかできることがあるのかなあ」

まえにはデモに参加したことも何回かあったけどそういうことはめんどうになってきてもう何年も政治参加などはひと事のような気がしていたのだ。

「そりゃ西河原さん、なにかあるはずですよ。西河原さんもアメリカという国をとくにえらんでこられたわけだから科学者としてアメリカ社会の現状にどうやって対処していくかということでは西河原さんのようなインテリは責任があるわけだし、また社会とのかかわりあいについていろいろ考えておられるとおもうんですが」

むつかしいことになってきた。はずかしながらそんなことはまるでかんがえていなかったのだ。

いや、そうでもない。かかわりあいかたかどうかしらないけど、わたしだってそりゃあひと殺しの側には加担したくありませんよ。わたしの力ではひと殺しをやっつけることはできんけどね。せめてひと殺しには積極的に加担したくない。

「それじゃあ、なにもしないってことなのかしら」と夫人がいった。

アメリカにきたのもプリンストンにきたのもとくにえらんだからではない。ほかにいくあてもなく、フィラデルフィアの医学研究所にいくあてがないではなかったがいますぐには空きがないからもう一年まてといわれ、どこでもいいからと教授と先輩になきついてプリンストンを紹介してもらったのだった。アメリカに出てくるのは日本で職の見つかるまでの二、三年の腰掛けで、うちの研究室ではみんながやっていることなのだ。だから責任とかいわれると場違いのようで当惑してしまう。青山夫妻の顔をみているとわたしはテストの成績がわるくて食事中に両親から小言をいわれている小学生のような気分になってきた。こんやはそろそろおいとましますといいかけると、まだ十時をすぎたばかりですよ、あしたの準備でもおありですかという。

「いいえ、準備なんかないけど、まだ本格的に仕事をはじめたわけじゃないから」

「だったらいいじゃないですか。いまコーヒーをいれますからそれをのんでから帰ってくださいよ。夜コーヒーをのむとねむれなくなりますか」といわれ、わたしはまたソファーにすわりこんでしまう。

「いえ、どんかんだからコーヒーくらいのんでもへいきです」

「もうすぐ新学期だからみんな帰ってきますよ。日本人の学生では建築の朝井さん。それから鈴村さん夫婦もこのとなりのブロックにいる。鈴村さんはおくさんが日本からこられたばかりで新婚ですね、エンジニアリングだから研究室は国道のむこう側なんだけどなにを研究しているんだかぼくらにはわからない。それから関口さんというのもエンジニアリング。このひとはGCの寮にすんでいる。大蔵省からきている横田さんもGC。独身のひとはたいていGCですね。さっきいった朝井さんも夏のあいだ奥さんが日本からきていてむかいのブロックにすんでいたけどさいきんまたGCにもどったみたいですね。バイオロジーの村田くんもGC。日本政府から派遣されているのがわたしいがいにもうひとりいて、それがいまいった横田さんで西河原さんがわたしをさがしにさいしょにいったというウッドロー・ウィルソン政治学にいるんです。大蔵省からきているひとですごく優秀だというんでひょうばんですよ。それからひょっとしたら西河原さんはもう会われたかもしれないけど森本くんがたぶん西河原さんとおなじビルですよ。もう会われましたか」

「まだ話したことはないけどヒゲをはやしたひとじゃないですか。モリモトという日本人がいることは主任教授からきいていました。あのひとがそうじゃないかと見当をつけていたんだけど」

「そうですよ、そのヒゲですよ。かれはなんとかいう製薬会社から派遣されて留学しているんですよ。ヒゲをのばしはじめたのはごく最近ですよ。ヒゲというのはおもしろいもんで、よっぽど顔の長いひとがはやすと似合うというか欠点がヒゲでカバーされるんですね。森本くんは馬ヅラだからよく似合うんだ。でもふつうの日本人がやってもだめだ。朝井さんもはやりでヒゲをのばしはじめたけどやっぱりグエン・カオ・キみたいだ」

「そうね、よく見てるわねえ」と夫人が同意した。

まだ会ったこともない日本人の名がたくさんでてきてどれがどれだかわからなかったがトルストイでせめられるよりは気がらくだった。

「森本くんはひとりでまちにすんでいるんだが、その森本くんとこないだまでおなじアパートを借りていたのが工藤青年なんですよ。工藤青年はいま日本に帰っているけどもうすぐもどってくるはずですよ。工藤くんは元気がいいからみんな工藤青年とよんでいるんです。幼稚園児みたいに元気でおもしろいですよ、かれは」

「ずいぶんいますねえ」

「まだなんにんもいますよ。それに九月からまたあたらしいひとがくるでしょう。ぼくがよくしっているのは森本、工藤の二人です。ぼくをいれてこの三人が去年のフルブライトの留学生でペンシルバニアにあるバックネル大学の合宿キャンプで四週間いっしょだったんです。そのうちみんなに紹介しますよ」

「プリンストンにはそんなに日本人がいるんですか」

「大学には何十人かいるみたいですよ。家族をいれると百人たらずだそうです」

わたしはねむくなってきておもわずあくびをしてしまった。青山がまだしゃべっている最中なのにまずいなとおもったが、青山は「西河原さんおつかれでしょう」といった。夫人も「時差じゃない」といってくれた。

家にかえると京都の弟から小荷物が着いていた。宇治茶と味の素とのりがはいっていた。のりはいいとしても、茶と味の素はどういうつもりか大家族で数年かかっても消費しきれないほどの分量がでてきた。箱の底に『アサヒカメラ』の最近の号がいれてあった。『アサヒカメラ』のページをベッドでめくっているとソ連のグルジアの組写真があった。ソ連の田舎の写真だからこのつぎいったとき青山に見せてやろうとおもった。グルジアの写真のあとは南ア連邦だった。ヨハネスブルグの通勤列車は白人専用と黒人専用の車両が別々になっており、乗客のはるかに多い黒人用は最後部の二車両しかなく鈴なりになった黒人乗客の二百人以上が毎年列車からふりおとされて事故死するという記録写真であった。わたしはあかりをつけたままねむってしまった。

実験室にいつもよりはやくいくとボルスキーがもうきていた。半ズボンでテニスのスタイルだ。ひとがくるまえにテニスの練習をやるんだといった。きみはなにかスポーツやるかときくので、ノーとこたえた。アパートのほうはどうだ、オーケーかというのでオーケーだが熱い湯がでないというと、湯がでない？と急にまじめな顔つきになり、それはオーケーではないといった。はじめから冷たい水がでるのかときくので、はじめは多少あたたかいが数分たつと冷たくなるとこたえた。ボルスキーは家にかえって着がえてくるからまっていてくれ、いっしょにアパートまでいってみようといった。三十分もするとボルスキーがもどってきていまからきみのうちにいこうという。ふたりでボルスキーのくるまでパットンのうちにいった。三階にあがるとボルスキーはまずフロ場にはいりシャワーのせんをひねった。しばらく出てくる湯の温度を手ではかっていたが、立ち上がるとこれはじぶんの落ち度であるとあやまるようにいった。ここに電話はあるかというので電話はおくのへやにあるというと、ミセス・シャミンスキーの番号をくれといった。ミセス・シャミンスキーは大家のなまえである。

ボルスキーはずいぶんながいこと大きな声でシャミンスキーとはなしていたが、さいごにオーケー、バイバイといって電話をきった。ボルスキーによるとシャミンスキーのいったことはつぎのとおりだそうだ。熱湯をしばらく出していると冷たい水に変ずることはよく承知している。それは地下室にある湯を貯蔵するタンクの容量が小さいためである。最上階のアパートがいちばん熱湯が得にくい。それでごく最近タンクを大容量のものととりかえることにした。事実タンクはすでに地下室に設置されている。あとは電気の配線をするだけであるから今日明日にも十分な熱湯がでることになるであろう。

ボルスキーはもう一日がまんできるかときいた。わたしはイエスといった。いざとなったら青山のところでシャワーをかりればよいのだ。

実験室にもどって青山に電話すると夫人がでた。日本からお茶と味の素がたくさん着きすぎたのでよかったらあとでとどけにいくといった。こういうことがあると電話がかけやすい。それに当時味の素はいまとちがってまだ貴重品だったのだ。

「西河原せんせいちょうどよかったですわ。こんや朝井さんと森本さんをおよびしているのでせんせいにもこえをおかけしようとしていたところなの。青山にはいまちょっと買い物にいってもらっているんですが、せんせいによろしくおつたえしといてくれと申しておりました」

家に帰るとシャワーにはいった。湯はあいかわらず冷水になった。あしたから湯がでるようになるのだとおもうことにした。大きな茶のふくろと味の素の缶とカメラ雑誌をもってわたしは青山の家にでかけた。はやすぎたせいか客はだれもまだ来ていなかった。わたしはもってきたものをさしだしたが枕ほどもありそうな茶袋や料理屋でつかうような味の素の缶にふたりともおどろいたようすだった。

「ぜんぶもってこられたんですか」

「そう。だけどいるだけ取ってください。ぼくはほとんどいりませんから」

「おとうとさんが送られたんですか」

「送ったのはおとうとだけど買ってきたのは母親だとおもいますよ」

「ずいぶん豪快ですね」

「多ければ多いほどよいとおもったんでしょう」

青山の細君が両方とも半分ほどわけてのこりをかえしてくれた。

「もっと取ってください。ぼくはいらないんですよ。茶がのみたくなったらここへきますから」

そこへふたりの客が同時にやってきた。

「どうぞ。西河原せんせいはとっくにいらっしゃってるわよ」

「はじめまして、朝井です」色黒で支那の将軍のようなひげをはやした朝井がまずはいってきた。背が低くひょうきんなひとらしかった。火のついたコーン・パイプをにぎっている。半ズボンであった。半ズボンは今のアメリカの大学のファッションなのだろう。竹中工務店から二年間プリンストンに留学させてもらっているといった。

「半分あそびみたいなもんですわ」朝井は大阪のひとだった。

森本がつづいてはいってきた。しかしこれは長ズボンだった。

「ぼくたちははじめてではないですね。ケミストリーでお目にかかっております」

「森本さんはギルバーグのところでなにをテーマにされているんですか」

「解糖系の酵素です。時代おくれの生化学なんですよ」

森本はわずかにどもるくせがあった。

「時代おくれってことはないだろうけどね」

「時代おくれですよ。もうはじめて一年以上たっちゃったから学位をとるまでやるつもりですけどね。ギルバーグのところに来たのはちょっと軽率だったなあ」

「どうして？　ギルバーグは秀才だとうちの田代教授がいつもいっていたけど」

「そうなんですよ。たしかにギルバーグは秀才なんですよ。ものをよく知っているしねえ。だけどひらめきのある科学者じゃあないんですよ。物知りの教育者なんです」

アメリカに単身で出てくるやつはしっかりしているとわたしはおもった。学生のうちからえらい教授の限界をみぬいているんだから。

そこへかんたんな夕食がでてきた。牛肉と野菜のいためもののようなものを皿に盛っためしのうえにのせて食った。朝井がおおげさにやはりコメのめしはうまいといった。森本はまたさきほどの話を続けた。

「ぼくはキザなようだけど、もっと分子生物学とか分子遺伝学とかの、どうせやるなら最先端のようなことがやりたかったんですよ」

「だけどそれは学位をとってからだってできるだろう」

「そのつもりなんです。ここで学位をとったらぼくはカリフォルニアのシンスハイマー先生のところで研究したいとおもっているんです」

シンスハイマーは当時ファイX１７４ウィルスの単離と構造決定に成功していたカリフォルニア大学サンタ・バーバラ校の教授で六十年代の売れっ子だった。

「西河原さんはなにをなさっているんですか」

「ぼくはまだはじめたばかりだけど、ミトコンドリアの電子伝達系。まず材料をつくるために酵母に紫外線をあててアルコールだけを食って生きる変種をつくっているところだよ」

「へええ、おもしろそうですね。うまくいってるんですか」

「うまくいっているもなにもはじめたばかりですよ。それにこんなものは理屈じゃなくて偶然だから、予想なんかできないね」

「よくわからないけどおもしろそうなおはなしですね」と青山の細君が口をはさんだ。

わたしは朝井の持参した赤ワインをひとりでのみはじめた。酒好きのひとはだれもいないようだった。ワインをのんで多少いい気分になったところでわたしは『アサヒカメラ』を青山にみせた。

「ここにグルジアの写真がでているけど」

「グルジアですか。グルジアにも行きたいとおもっているんですよ。グルジアは半分アジアですからねえ」青山はしばらく目をつぶるようにしていった。

「ソ連のなかの西ヨーロッパ圏がまず先ですね。できたらグルジアもそうだけど中央アジアにも行きたいとはおもっているんですよ」

まずはレニングラードとモスコウというわけか。わたしはソ連を研究した専門家だから、グルジアのふるい道路や半分こわれた壁や油絵や商人の話を、わたしがまた聞きでしかしらないようなことを青山がとくいになってはなすかもしれないと期待していたのだ。

「なんですか、これは」青山はヨハネスブルグのドキュメンタリー写真をみつめていた。「ひどいね、これは」

青山夫人も夫のわきに寄って写真をみつめている。朝井と森本は去年のバックネル大学の話をしているようだった。ここにはいない日本人の名もでてきた。

「どれどれ、どうかしたんですか」ふたりは青山夫妻のほうへにじり寄った。

「あれ、これはまたひどいですね」と森本がいった。朝井はなにもいわなかった。しばらくして
「ひどいですむもんかね」と青山がいった。

「ゆるせるようなもんだいじゃないよ。なんてことだ。南アの白人なんか全部殺してしまえばいいんだ」

「だけど、南アの白人がみんなわるいわけじゃあないでしょう」

森本と青山の会話になっていた。あとの三人はなにもいわなかった。

「そんなことをいっているからだめなんだ。南アの白人はみんなわるいにきまっているよ」

「青山さんはカメラ雑誌の写真をみて義憤を感じているわけですね」

「義憤とはなんだい。南アの白人なんかに人権なんかあてはめるのがまちがいだよ」

「現地人の人権だけを考えるってことですか」

「そうだよ。現地人の人権だけを考えればいいんだよ。だれがだれを搾取しているかはあきらかじゃあないか」

「だからどうするんですか」

「南アの白人なんか全部殺してしまえばいいんですよ、西河原さん」青山はわたしのほうをみた。

「殺す？」と森本がいったようだった。「白人は全部殺すんですか。過激なことになってきたな」

「あたりまえじゃないか。あそこの白人なんてほんのひとにぎりなんだよ。全部殺したってたいした数じゃないよ。もともと南アにあいつらがなにしにいったか、考えてみなさいよ」

殺すといってもだれも殺しはしないだろうけど、とにかく青山は公然と国家によって行われている不正を見過ごすことができない人なのだろう。『アサヒカメラ』なんてえらい火だねをもってきたもんだとわたしは後悔した。

しかししばらくすると、青山の激高もおさまったようであった。けろりとしてシュミッツ・ビールをのみはじめた。

「工藤青年はいつ帰ってくるんだろう」青山がだれにともなくいった。「かれがいればバックネルのグループがそろうんだよな」

「あさって、九月二日です」と森本がいった。「ぼくが空港まで迎えにいく約束をしているから」

「工藤青年は婚約者をつれてくるのかね」

「本人はそのつもりでしょうね」

みんながあははとわらった。工藤という青年の婚約者のことがフルブライト仲間でいつも話題になっているらしかった。

「鈴村さんのところは一年待って婚約していたおじょうさんがこられたんでしょう」と青山夫人がいった。

「そうや。鈴村はんがまだひとりのときにあの家にいったことあるか」と朝井がいった。「きみ子ちゃんはやくこないかなあとかいた紙があっちこっちにはってあったがな」

「あそこのうちはかわいいわね」

「あそこはふたりともかわいい」と森本がいった。「エンジニアリングの関口さんがいっていたけどね、鈴村さんとこは毎朝奥さんがフォルクス・ワーゲンで鈴村さんを国道のむこうのキャンパスまで送っていくんだけど、入口のところで亭主がいつまでもくるまから下りないので守衛のあいだで評判なんだって」

「あそこの守衛ならしってるよ」はなれたところに座っていた朝井が口をいれた。「でかいジョンと坊主あたまのジョンでしょう。両方ともジョンなんや」

「しっているのジョンたちのこと？」

「しってるよ。自動車のフェンダーを修理に出したときあのふたりにボディー・ショップまで送ってもろたんや。トレントンに住んでるよってにそっちの方角やからいうて。気のええやつらやで、ふたりとも」

「プリンストンで働いている黒人はみなトレントンに住んでいてそこからかよってくるんですよ」と青山はわたしのほうをみていった。「西河原さんがさいしょに泊まったナッソー・スクエヤーのあたりに以前は黒人の集落があったらしいんです。それをプリンストンの行政機関が街の美観をそこなうというんで何年かまえに全部追い出した。もちろん地代の高騰とかかってな理由をつけたんでしょうけどね。その連中がトレントンに移り住んだということなんです。だからみんなトレントンからくる。いま人口二万五千のプリンストンに住んでいる黒人は二家族だけですよ。ショッピング・センターにいく途中に住んでいますけどね」

われわれはだまってきいていた。

「大学のなかだってみてごらんなさい。各学部にひとり以上の黒人学生はとらない方針なんです。ふたり以上やつらが集まるとろくな相談をしないということらしい。そのひとりもわるい成績をつけたり、なんくせをつけたりして退学に追い込もうとするんです」

「へえー。そんなにひどいかねえ」と森本がいった。

「そうだよ、きみはプリンストン大学の白人優位の本質を見ていないんだ」

「白人が大勢をしめていることはまちがいないけどね。黒人がそんなに圧迫されているのかなあ」

「エンジニアリングにひとりいるのはボブという学生でぼくはよくしっているんだが、この学期かぎりでかれも退学するんですよ。ボブは来年の夏はマンハッタンでほう起してやるといきまいていますよ」

「青山さんは社会学だけあってやはりいろんなことをよく知っていますね」と森本がいった。

人種差別に敏感な青山の感情にまた火がついたらえらいことだとわたしははらはらした。

そこで青山夫人が「みなさんお茶がいいですかコーヒーがいいですか」ときいた。そろそろなにかのんでお開きにする時間なのだった。

「ぼくはお茶」と朝井がいい、みんなが同意した。

「それじゃあ、西河原せんせいからいただいたお茶をいれましょう」

ぼくらは茶をのみおわってわかれた。森本がくるまでおくってくれた。

わかれぎわに森本がいった。

「実験室でまたおめにかかります」

四、五日たってカフェテリアにいこうとしてワシントン・ストリートをわたると暑い午後の日差しのなかをつばのある白い帽子をかぶった目の細い東洋人の学生がむこうから階段をおりてきた。わたしたちはことばを交わすこともあいさつをすることもなくすれちがったが、色白で少年のような風貌からそれが工藤青年であることが直感でわかった。

それからさらに数日たった土曜日の午後、森本と連れだってカフェテリアにいった。そこでわたしは食事中の工藤青年にあった。工藤青年はふたりの日本人といっしょだった。森本がわたしを三人に紹介した。あとのふたりは話にきいていたエンジニアリングの関口とウッドロー・ウィルソンの横田だった。なんと上品なわかものたちだろうというのがわたしのうけた第一印象だった。横田も関口も一見して育ちのよさそうな顔つきをしていた。秀才だときいていた横田は夏のあいだに日焼けしたのか浅黒く、大きな目ときれいにそろった白い歯が印象的だった。関口も日に焼けていた。このふたりはテニスの練習をやったあとオリエンタル・ライブラリーに日本の新聞をよみにきたのだといった。

「ぼくはふだんはフォレスタル・キャンパスだからあまりこちらにはこないんです。きょうは横田さんと汗を流したあとこっちへきたら腹がへっちゃって」と関口がいった。このふたりにくらべると工藤の色の白さがめだった。

「食事はどうしておられるんですか。自炊ですか」と関口がいった。

「いちおう自炊のつもりなんですがね。電熱器で冷凍食品を温めているだけだけど」とわたしはこたえた。「青山さんの家でしょっちゅうやっかいになっていますよ、ゆうべもそうだった」

「青山さんとこね。あそこのおくさんを図書館でみかけたけど働いているみたいだね」

「もう半年ちかくになるそうですよ」

「ぼくはめったにあそこにいかないからなあ。青山さんとはまえからのお知りあいなんですか」

「知りあって、いちねんほどまえに東京で二度ほど会ったことはあるんだけど」

「もし気がむいたらGCにめしを食いにこられたらいいですよ。ダイニング・ルームだとガウンを着せられるからぼくらは晩めしをブレックファースト・ルームでたべることのほうが多いんだけど、けっこう選択がありますよ」

「そうだね。いらっしゃるといいですね」横田もそういった。「だけどくるまがないとちょっと遠いかな」

「そりゃ歩いたらかなりあるよ。二十分くらいかな」森本がいった。「いかれるんならぼくがいつでも送りますよ。西河原さんとは実験室がおなじ階だからいつでもいってください」

工藤青年は話に加わろうとしなかった。サンドイッチをたべてしまうとフルーツをきざんだみつまめのようなものの入った容器を布のカバンからだしてちゅうちゅうと音をたてながらたべはじめた。そういえばさっきサンドイッチを食っていたときもなんとなくぎょうぎがわるかった。そして食いおわるとのこりの果汁をずるっとのみこんで「ああ、うまかった」といった。

「工藤くん、うまかったか」と森本がいった。

「うん。うまかった」

あとの三人は顔をみあわせて含み笑いをした。

「実験がのこっているのでいくよ」

工藤青年はプラスチックの容器をカバンにつめると立ち上がってひとりででていった。工藤青年がいってしまうと「あいつはしっかりしているねえ」と森本がいった。工藤青年はけんやくのためにランチはいつも寮から残りものをもってくるんだといった。GC寮では食事の契約をするといくらおかわりをしてもよいことになっている。それでたくさん食事をとってきて残りをかみにつつんでもってくるそうだ。

「あいつはこれで一年に二回も日本にいったから、けんやくしなくちゃならんのだよ」
婚約者がアメリカにきたがらないので説得にいくんだがうまくいかないというのであった。かれが去ってからの友人たちの話しぶりや笑顔は工藤青年の多少常軌を逸したふるまいと憎めない性格の両方をかたっているようだった。

夏がおわり日がだんだん短くなってきたある日、それは十月のはじめだったとおもうが、出発まえに日本から発送しておいた荷物が着いた。荷物は四箱のがんじょうな木箱におさまってパットン・アベニューの家にとどけられた。大学の事務局が自宅に配達するように手配したのだ。それらはとてもひとりで三階までもちあげられる重量ではなかった。こういうものは入口で分解して中身をとりだすものであろうが、木わくをこじあける道具もない。例によってまた青山にたのむことになる。青山がGCの日本人に電話でれんらくしてくれたのだろう。青山が現れるまえに森本がふたりの日本人をつれてきた。工藤青年と朝井だった。森本はふたりを置いてそのままいってしまった。青山によると、こういうとき、きがるにものをたのめるひとと親しくしていても私ごとはたのみにくいひとがあるそうである。工藤青年や朝井はたのみやすいタイプなのだそうだ。いちどしかあっていないのにたのまれるときてくれる朝井もいわれてみればそういう種類のひとなのかもしれない。上品な横田や関口はものをたのみにくい人種なのだそうだ。青山にはそういう嗅覚があるのだろうか。工藤青年と朝井をGCからつれてきた森本もものをたのみにくいタイプのひとりなのかもしれない。このひとたちは性格が冷たいわけではなく、アメリカ人のようにできないときにははっきりノーということを美徳とこころえているのだろうと青山はいった。

四人がかりでの荷物の解体ならびに運搬はいっきにかたづいてしまった。おもての騒音で出てきた一階のポーランド人が木材は入口のところにおいておけば清掃のトラックがもっていってくれるといった。あい変わらずにこりともしなかった。

われわれは運び上げた八箱のダンボールをリビング・ルームのすみにつみ上げたが中身をとりだす元気はなかった。わたしは部屋に本棚がないのに気がついた。荷物の大半が本だったからだ。工藤青年と朝井と青山とわたしは冷蔵庫のオレンジ・ジュースをのんだ。

「西河原さん自動車を買いませんか」

青山がとつぜんいった。

「そのうちに買おうとおもってはいるんだけど、いまはそんなにかねがないから」

「そんな思いきった買い物じゃあないんですよ。あんな安いくるまを西河原さんにすすめるのはしつれいのような気もするんだけど……」と青山がいった。「うちの向かいの南ア連邦からきている男が、中古のフォードを買ったんだけど来てまだ二か月しかたっていないのに病気になっちゃってね、帰国するからくるまを売りたいといっているんですよ」

「それはありがたいんだけど、いまはまとまった現金もないんで……」

「いや、そんな自動車じゃないんですよ。ただ走るというだけの大きなくるまで、二百八十ドルでいいというんですよ。ついこないだ三百五十で買ったばかりなんだそうですよ。りっぱなくるまじゃないけど西河原さんも何年もいるわけじゃないからあんなので十分じゃないかな」

青山はせわ好きなのだった。ようじがたのみやすいというのもせわ好きということなのだろうか。それだったら、そのくらいの金額なら引き出しのなかに現金がある。そんな値だんなら故障してすててももともとだとおもった。だけどそんなにかねがあまっているわけじゃないから英語のべんきょうのために買おうと考えていたテレビのほうが先決だともおもった。

「おおきな自動車はいいよ、西河原さん買いましょうよ」と工藤青年がいった。そして朝井も

「そんな出物があるんやったら買うたらええですよ。いずれくるまちゅうもんはここに住むいじょういるもんやからな」

これでくるまを買うということが決定した。ぼくら四人はともだち仲間なのだという気持ちになったからだった。にんげんはともに汗をながすと仲間になるのだ。そして自動車を買うのは仲間で決定したことだとおもえてきた。しかし、売り手というのは青山のきらう南ア連邦からきている人間ではないのか。

「そのひとは南アからきた白人ですか」とわたしは青山にきいた。

「もちろん白人ですよ。南アの黒人はプリンストンに留学はできないですよ。そいつはいいやつでね、とても病気になんかなりそうもないでかいやつなんだけどね。よくわからんけど北米の気候があわなくて呼吸器の病気になったそうなんだ」

「呼吸器の？」と朝井がいった。

「呼吸器だといったよ。いきをはき出すことはできるんだが、吸うことができない病気なんだって」

飯田橋の幸三郎さんとおなじ症状だとわたしはおもった。幸三郎さんはわたしの東京の下宿の大家さんの兄である。それはそれとして、『アサヒカメラ』の組写真であんなに激高した青山が南アの白人の健康をきづかい、自動車の買い手をさがしているとはどういうことなのだろうか。

「あそこは小さな女の子がひとりいてね、かみさんは元気なんだがね」

あしたくるまを見にいくということにきまった。青山がむこうとはなして手配しておくそうである。

トイレからでてきた朝井がベッドにこしかけて上下にゆすった。

「西河原さんこのベッドでねてんの？」

「だってベッドはそれしかないもの」

「これはあきまへんわ。こんなベッドでは寝られまへんわ」

「もう三週間もそこでねているよ」

青山はベッドをちょっと押してみて「ちょっとひどいね」といった。

「こんなベッドははようほかして、もうちょっとましなやつを買いなはれ」

たしかにベッドは背が高すぎるうえに円形のスプリングがあちこちでとび出していて寝ごこち

がわるく、動くたびに不快な音をだすのだった。それでも大家に電話で交渉をするのがおっくうだからがまんしてつかっていたのだ。

「ベッドだって安くないだろう」

「中古のベッドならスキルマンで売っているよ」と工藤青年がいった。

「アレクサンダー通りにあるスキルマンか」

「そう。ぼくはあそこで古い冷蔵庫を買ったんだがベッドもたくさんあったよ」

「工藤ちゃんはGC寮にはいるのに冷蔵庫を買っていったの?」

「そうじゃないよ。森本さんと家具つきの家をかりていたときフリーザーの氷を除いていたらパイプにドライバーで穴をあけちゃったんだよ。大家が修理代をだせというから修理屋にみてもらったら四十五ドルだというんだよ。それでスキルマンにいったらいちばんやすい冷蔵庫が十ドルだったんでそれを買ってべんしょうしておいたんだ」

「十ドルですめばもうかったようなもんですね」

「買った冷蔵庫は十ドルだけどこわれたやつをみてもらうだけで見積り料を十ドル取られたからぜんぶで二十ドルつかったね。修理すれば見積り料はもちろんかえしてくれるんだけどね。はじめからスキルマンに買いにいけばよかったよ」

あくる日青山といっしょにくるまをみにいった。南アの男はたしかに元気はなかったが病気のようでもなかった。六十一年のフォードだ、ためしに乗ってみてくれといって男はかぎをくれた。ライト・ブルーの大きなくるまだった。わたしは青山とふたりでバラック街をぐるぐるまわってみたが、いいとかわるいとかの判断はできなかった。

「それじゃあ、ボブにみせましょう。わたしの家のほうにいってください」と青山がいった。

「ボブはくるまにくわしいし、こないだじぶんでもベンツの中古車を買ったんですよ」

青山の家のまえにくるとたしかに赤いベンツが向かいの家のまえに止まっていた。なんども青山の家にきたがベンツにはきづかなかったらしい。青山は向かいのいえからあたまを角刈りにした男をつれてきた。

「ボブがくるまを運転してもいいかといっていますが」と青山がいった。

どうぞ、かぎはくるまについていますとわたしはいった。ボブと青山はくるまにのってどこかにいってしまったとおもうとたちどころにもどってきた。

「くるまはわるくない、二百八十ドルで買うなら損はしない、しかし二百五十ならベストだとボブがいっています」と青山がつたえた。

「二百五十ドルにねぎりますか」

南アの男のところへもどる途中で青山がきいた。

「いいですよ、二百八十で」とわたしはいった。「病人をいじめちゃかわいそうですよ」

「ボブのベンツをみたでしょう、赤いやつ。あのベンツ、買ったはいいけどしょっちゅう故障するんだって。ベンツは修理代が高いからかなわんといってあいつこぼしていますよ」

問題のある自動車をみぬけないで買ったひとが他人のくるまの判断をしてだいじょうぶなのかとおもったが、やすいんだからまあいいという気にもなった。

「ああ、そうそう」と青山はいった。「あの男はベッドも売るそうですよ。ベッドをやすくさせればいいんだ」

わたしはベッドもいっしょに買うことになるらしかった。

青山は南アの男にあのくるまはリードマンで買ったのかときいている。くるまのうしろにリードマンというラベルが貼ってある。男はいや、そうじゃないじぶんはリードマンから買ったひとからまた買ったのだというようなことをいっていた。それからベッドの件も交渉しているらしかった。

「リードマンというのはペンシルバニアにある全米最大の中古車ディーラーなんです」と青山がおしえてくれた。

「ベッドは三十ドルだそうです。りょうほうで三百十ドルだけど三百ドルでいいそうです」

わたしはチェックで三百ドルはらった。

「くるまはあさって渡すといっています。ベッドはきょうでもあすでも都合のいいときにはこんでやるといっています」

わたしは支払いをすませたあとではじめてベッドをみた。すでに分解してあったがマホガニーのりっぱなベッドだった。こんな大きなベッドをどこにおいたらいいのだろうとわたしはかんがえた。青山は家によってお茶でものんでいきましょうといった。

「二か月で帰国するんじゃずいぶんもったいないといったら、あの男は死ぬよりましだといっていましたよ」

はこばれてきたベッドをくみたててみるとおもったより大きくリビング・ルームの半分をしめてしまい部屋の狭さがあらためて認識された。日本からきたダンボールがベッドの下にはいってしまったのでおあつらえむきだとおもい、中身を箱からとりだすのはやめた。


くるまを買ってからわたしはひんぱんにGC寮に出入りするようになった。ブレックファースト・ルームでたべる晩飯は一食五ドルだった。GC寮にはもっと格式ばったダイニング・ルームもあったがそこで食事をするには黒いガウンを着用しなければならず、また食事のまえのラテン語の形式ばった祈りもあったのだ。ブレックファースト・ルームだとカフェテリア方式で好みのたべものを受けとるとたくさんある円卓のなかになじみの顔をみつけて盆をはこんでいけばよいのだった。ブレックファースト・ルームでわたしはなんにんもの日本人学生とかれらのともだちの少数のアメリカ人としたしくなった。生物学の村田もそのひとりである。村田は日本人のなかではとびぬけて背がたかく、朝井はその反対だった。はじめてあったとき村田は胸にPRINCETONと大きくかいた赤いシャツをきていてなんとキザなやつだとおもったものだがそれにもだんだんなれてきた。政治学のリチャードやイギリス人のサイラス・ウィルキンスともGC寮でしりあった。リチャードは二年間台湾で英語をおしえていたそうである。ウィルキンスもやはり三年間北京で英語をおしえていた。そういうかんけいで東洋人と親しくなるのかもしれない。しかし、たいてい食事をいっしょにしたのは工藤か朝井だった。食事の前か後にテレビのニュースをみた。ニュースは毎晩ベトナムの戦況報告である。ウォーター・クロンカイトがサイゴンの街頭から報道した時期である。くわしいことはわからなかったが、クロンカイトが北ベトナムをエネミー、エネミーとよぶのが耳にのこった。リチャードは戦争に反対するため、来年の大統領選挙にでるジョージ・マクガバーンのキャンペーンに参加する予定だといった。

「とくにもならんのに戦争ばっかりして、ベトナム人ちゅうのはほんまにあほなやつらやなあ」

と朝井がいった。

村田があきれたような表情で工藤青年の顔をみたが、工藤の表情に変化はなかった。いつものことだと思っていたのかもしれない。

食事の後は寮の地下で一時間ばかり玉突きをやってあそんだ。たいがい一ゲームに一ドルかけたがみんなへたくそだった。ウィルキンスはいつもわれわれと玉を突いたがリチャードはいちども加わらなかった。玉突きの後朝井の部屋か工藤青年の部屋でシャワーをあびてから家にかえった。あいかわらずシャワーの湯がでなかったのである。

　ＧＣ寮でテレビをみているうちにわたしはじぶんのテレビが欲しくなった。テレビを毎日みていれば英語にもっとなれるのではないかとかんがえたのだ。青山に電話して相談するとそれはいい考えだといった。プリンストン・レビューかタウン・トピックスの広告らんをみればいいですよといった。電話をきろうとすると、ちょっとまっててくださいここに新聞があるからみてみますといってしばらく広告をみていたようだったが、ああここにひとつありましたよといった。十五インチ、白黒、五十五ドル。

「西河原さんこっちへ来ませんか。ここから電話をかけましょうよ」

　わたしは青山の家にかけつけた。青山に相談さえすればなにごともそくざに解決するようなきがしていた。

「西河原さんごはんたべていかれるでしょう、女房はまだ帰っていませんが」

　ここに夕方やってきたら晩めしをくっていくという了解のようなものがあった。

「ちょっとかけてみましょう」と青山が広告の番号をまわした。「売れてしまったかもしれませんけどね。この新聞はでてからもう四、五日たっているから」

　あいてはすぐにでて青山はしばらくはなしていたが、いますぐ？とかいっているようだった。そしてとつぜん青山が「アー・ユー・ジャパニーズ？」といった。

「日本人だったですよ、西河原さん。できたらごはんのまえにきてくれといっているからいまからちょっといってみますか。食事のおわる八時すぎでもいいそうですが」

ふたりは青山の黒いドイツ車にのってすぐでかけることにした。

「いまからというのをフロム・ナウといったのですぐ日本人だとわかりましたよ。アメリカ人はライト・ナウといいますからね」

広告の主の家はプリンストンの北のはずれにあり、なんどか地図でたしかめてたどりついた。中年の紳士があらわれ「英語がへただから日本人とすぐにわかりましたか」とぶぜんとしていった。青山はわたしの顔をみた。

「これです」といって紳士はテレビをはこんできた。とってがてっぺんについておりいわゆるポータブル・テレビといわれたやつだった。

「アンテナがぐらぐらしているけど映りますよ」主人はテレビに電源をつないだ。

「ま、なんとか映るでしょう」

「これだけ映ればじゅうぶんですよ」と青山がいった。「あの、せんせいは、日本はどちらから」

「先生」とよべばプリンストンではまずまちがいがないのだ。

「日本はサッポロです」

「ああ、北大のせんせいですか」

「べんきょうしたのは北大だけどいまいるところは札幌の気象研究所というところです」

ふたりともさきほどの英語問答をわすれてしまったようだった。

「北海道で気象ですか。北見さんというなまえはぴったりですね」と青山が新発見でもしたようないいかたをしたが北見せんせいはうれしそうでもなかった。この一家は北見さんというおなまえだったのだ。青山は電話をかけたのでしっていたかもしれないが、わたしはそのときまでしらなかったのだ。

テレビは五十ドルでいいですよといわれ五十ドルお支払いして持ち帰ったが、見てわかる番組は野球とミス・アメリカのコンテストくらいのものだった。

パットン・アベニューの五十一番に住んで二か月たった日曜の午後、大家のシャミンスキー夫人から電話がかかってきた。今月になって四日になるが今月分の家賃をもう送ったかといっている。ノーというといますぐそっちへとりにいくと、ありありと怒った声でいった。わすれていたわけではないがチェックをまだ送っていなかったのだ。寒くなってきたのにまだ湯がでないとはいったいどういうことだ、約束どおり湯がでるようにするまで家賃を送らないほうがいいですよという青山のいれ知恵にしたがったのである。しかし、そういうばあいは大家にしかるべき要求をだして、大家が義務を実行するまで家賃の支払いを延期するむね通告するのがすじであろう。わたしのばあいはなんにもいわずにただ払わなかったのだ。だからこっちが悪いといわれたらそのとおりではあったのだ。しかし払わなかったといってもたった四日のことだし、それに約束しておきながら二か月も湯をださないのはむこうがわるいにきまっている。わたしは青山に電話して援軍を依頼した。青山はすぐいくといったが、ほんとにすぐしかも朝井までつれてあらわれた。

おばさんはまだこないのかと話しているとほどなくシャミンスキー夫人があらわれた。三階までいそいで上がってきたので苦しそうにいきをしていたがわたしを見るといきなり金切り声をあげた。契約できまっている通り月末までにつぎの月の家賃をなぜ払わないのかといっている。わたしはフロ場のお湯はどうなりましたかといった。それをきいて夫人はますます逆上し大声でわめきはじめた。もはやなにをいっているのかさっぱりわからず、またわかろうとするきもちもわたしは持ちあわせなかった。朝井がわってはいってシャミンスキーになにかいおうとしたが女の怒号はおさまらなかった。わたしはきちがい女のヒステリー発作なんかほっておけばいいとおもっていた。青山がじぶんに事情をよくはなしてくれ、それしだいでドクター・ニシガワラにわたしのほうからはなしましょうというとシャミンスキーの発作がたしょうおさまったようにみえた。シャミンスキーは翌月の家賃はまえの月の末日までにはらうことと契約書に明記してある、このひとは契約を一方的にやぶったのだからここから追い出してやるといっている。ドクターだかどうかしらんがこのひとは信用できない、こないだもヒューズをとばして家中が真っ暗になったともいった。それはどういうことですかと青山がいった。このひとがヒューズをとばしたんですよ。だから家中の電気が消えて階下のひとたちまでがめいわくしたのよ。青山がわたしのかおをみた。フライパンをつかったらヒューズがとんだんですよ、ヒューズの容量がちいさいだけなんだとわたしはいった。わたしが日本語でいったのでそれがシャミンスキーの感情をしげきしたらしい。彼女はマホガニーのベッドを指さしここにだれが寝ているときんきん声でいった。わたしが使っているとわたしはいった。シャミンスキーは大声でノーというと朝井のほうに向き直ってあんたがここで寝ているんだろうといった。朝井は首をふって、マダム、そんなことはないというようなことをいったがよわよわしかった。青山がこのひとはGC寮に部屋があってここに寝泊まりするひつようはないのだといった。女はこんどはわたしに向かってひとりぶんの家賃をはらってふたりで住んでいるのだろう、ほかにだれがここに住んでいるのかといった。ここに住んでいるのはわたしひとりだとわたしはいった。それではこのベッドはだれのためだ。これはわたしのベッドである。だれかのをあずかっているのか。そうではない、わたしがじぶんで買ったのである。ここは家具つきのアパートでベッドもついている。それなのにわざわざもうひとつベッドを買うのはだれかを泊めるためだろう。そうではない、あのベッドはきたないうえに半分こわれていてとても寝られるもんでないから買ったのだとわたしはいった。そこでシャミンスキーはまたヒステリーの発作をおこした。家賃を払うのか払わないのか。払わないならいますぐ出ていけとどなりだした。それでは約束のお湯はどうなりましたか。女はまったくきいていなかった。金を払えの一点張り。青山が、ミセス・シャミンスキー、ドクター・ニシガワラがいま九十五ドル払えば熱湯がでるようにしてくれるかときいた。そんなはなしは家賃を払ってからにしてくれ。うたがうなら契約書をみせる。家賃をきちんと払うのはたなこの義務なんだとくりかえす。わかった、それではわたしがドクター・ニシガワラに払わせる。だからフロ場のお湯のことはちゃんとしまつしてください。女はまた小康状態になった。そして熱湯がとちゅうで水になるのは地下室にあるタンクの容量がちいさいためでこんどは大きいタンクととりかえる工事をしたから湯が冷たくなるしんぱいはないのだといった。はなしの途中でなんども、ユー・アンダスタン？　アンダスタン？　と媚びるようにくりかえした。わたしが入り用なのはタンクのサイズではなくお湯なのだとわたしはいった。女はふたたび逆上して家賃をいますぐ払えとわめきはじめた。青山が急にたちあがり、西河原さんこりゃだめだ、こんな女はなぐらなくちゃだめですよ、なぐりましょうというとシャミンスキーのまえに進み出てカモーンといいながらボクシングのかまえをした。女は恐怖の表情でとびのくと、サイレンのような悲鳴をあげて階段をころがりおちるようにしておもてに逃げた。青山は、はっはっはおとうちゃーんといって逃げよったなとわらった。朝井は不安なおももちであった。

しばらくするとみしみしと階段をあがるあしおとがきこえた。シャミンスキー夫人が車中で待っていた亭主を連れてきたのだ。ふたりはわれわれのいる部屋をだまってのぞきこむようにした。われわれも不安だったが亭主は青山をあいてにいきなりボクシング・マッチをやるようなタイプではなさそうだった。亭主がドクター・ニシガワラはどのひとかとたずねたのでわたしだとこたえた。亭主はじぶんはRCAにつとめているエンジニアで、家内はホープウェルのハイスクールで化学をおしえている理科の先生である。つまりわれわれははなしのわからないにんげんではない。きょうのところはじぶんにまかせて家賃を払ってくれないか。あとはじぶんが責任をもっといって名刺をよこした。フロ場の湯は解決してくれるかと青山がいうと、責任もって早急に処理するといった。処理するとは数日中にお湯がでるようになるということかと青山が念をおすと、その通りだとこたえた。西河原さんどうしましょうと青山がいうので、わたしはそれじゃあ払いましょうといってチェックをわたした。亭主はわれわれのひとりひとりと握手をしてかえっていった。このなりゆきは南アのところで自動車とベッドの代金を払ったときとにているとおもった。青山がかんけいしてくると金の支払いが型にはまるらしい。

「あのおばさんは高校の先生だそうだが教室でもあんなふうなのかねえ」と朝井がいった。

おばさんは守銭奴のところもあるだろうがもともと日本人がきらいなのかもしれないとわたしはおもった。


十月もおわりに近づき秋が深くなってきた。朝夕さむくなってきたので綿のはいったジャンパーを買った。暖房が貧弱なのでジャンパーを着たまま寝ることがおおくなった。フロ場の熱湯はやはりでなかったがもうあきらめてしまった。GC寮にひんぱんに出入りするようになったのでそれほど不自由を感じなくなっていた。なれてしまったのだ。学生のいない夏のあいだ残飯がもらえなくてやせていた猫のタイガーもまるまるふとってきた。わたしが青山の家に出入りする回数もすくなくなっていた。わたしはハローウインをしらなかったので子供がなんにんも屋根裏部屋まであがってきてなにかいったとき、なんどきいても用件がのみこめなかった。それで一階のポーランド人にきいたら、そんなものはほっておけばいいといわれた。子供たちはけげんな顔をして帰っていった。朝井があとでそれはカボチャまつりじゃといった。
わたしのくるまはＧＣの日本人とわたしとの共有品のようになっていた。わたしが食事をしているあいだにだれかが運転していってしまうこともあった。そういうときは家まであるいて帰ることになった。ＧＣ寮でシャワーにはいってすぐおもてにでるとぬれた頭髪がそのまま凍ってしまうことがあった。

食堂での話題はやはり戦争がいちばんだった。テレビのニュースをみたあとで食堂に入りリチャードがアメリカ軍はなるべくはやくベトナムから引き上げるべきだというと、工藤青年がなるべくはやくではなくいますぐだといった。いますぐといったってアメリカ軍の安全を確保するために船も用意しなければいけないし、きょうあすというわけにはいかないとリチャードがいう。だれもアメリカ軍にベトナムへいってくれとたのんでいないじゃないか、かってによその国に入っていったんだから安全の確保なんかするひつようもない。そして朝井がベトナム人はばかなのだといい、種々雑多の反戦議論がでて好戦派の学生は沈黙していた。ワシントンの反戦デモに参加するためのチャーター・バスがナッソー・ストリートからでた。

ある日、いつものようにテーブルをかこんで夕食をとっていると、アメリカ人の学生があちこちで日本人学生にむかってなにかいっているのに気がついた。顔はみなれてはいるが話したこともない二、三人の学生がわれわれのテーブルにもやってきてなにかいいはじめ、朝井や村田や工藤青年がそれにこたえていたがわたしにはその内容がよくわからなかった。アメリカ人学生たちはいつまでたってもなっとくしていないようすだった。

「ワシントン・ポストにでとったんか」と朝井がいった。

「いや、ニューヨーク・タイムスだよ」と工藤青年がいっている。

「そうなんだけどね」村田が解説するような調子でいった。「ワシントン・ポストがまず日本の佐藤首相が北爆に賛成すると公開の席で発言したという数行の記事をのせたの。それだけではあまりはっきりしないんだけどね。そのあとでニューヨーク・タイムスがもうすこし具体的な記事をかいて、それによると佐藤首相がジョンソン大統領との会談のため渡米し、会談のあとの非公式のレセプションでアメリカ空軍による北ベトナム・ハノイ市爆撃を支持する発言をしたというわけよ」

「それならわたしの理解とおんなじというわけや」と朝井がいった。

そこへ関口と横田がつれだって食堂にはいってきた。横田はそこではなされている話題がなんであるか当然しっている、またじぶんがこれからそこに集まっている連中からなにかたずねられることもしっているという表情でポケットに両手をつっこみにこにこしていた。

「横田さん、あんたは政府の役人だけどどうおもう」

村田はいつもながらの軽薄スタイルだったが、ものおじしたり遠慮したりすることがなく若いアメリカ人の学生のようだった。

「あれが首相の本音だったかどうかわかりませんが」横田は立ったままでこたえた。「非公式のパーティーだったから多少相手の気にいるようなことをいったのかもしれません。しかし、一国の首相の発言としては慎重を欠いたというてんでたしかにぐあいがわるかったですねえ」横田はまじめに答弁した。なかのいい関口はだまってかれの話をきいていた。

工藤青年が不快な表情をみせた。「日本の政治家がアメリカの政策にこびるのはまえからわかっていることじゃないか。それがなぜいまさら問題になるんだい」

「それはやはり当然問題になるんじゃないの」村田がにやにやしながらいった。「首相が北爆に賛成しているんだから日本人はみんな北爆に賛成しているとおもうのはあたりまえでしょう。アメリカ人は単純なんだから」

「そう、アメリカ人はかしこくないんですよ」とウィルキンスがいった。ウィルキンスは日本語がじょうずだった。中国語はもっとじょうずだそうだ。三十ちかくになっており平均の大学院生より年齢がうえなのでアメリカ人学生とはうまくつきあいができないらしい。いつも日本人のいるところにやってくる。

「わかっていないんだからほっとけばいいね」

「そうじゃないよ、日本の首相はそういったがきみたちもおなじように考えているかときいているんじゃないか」と工藤青年が真顔でいった。「だからこういうときはじぶんの考えはこうだ、首相とはちがうんだとはっきりいえばいいんだよ」

　ボルスキーは北爆派だがそういうことは話題にしてはいかんと田代教授がいったことをおもいだした。

「日本政府に抗議文をだせばいいんだよ」と村田がいった。「首相があんなことをアメリカにきていうからこっちはめいわくしているって」

「うーん、やってもいいとおもうな、ぼくも」と森本がいった。

「そうだよ、それくらいのことやったほうがいいよ」工藤青年もいった。

　朝井はなにもいわなかった。

「西河原さんどうおもいますか」と森本がきいた。

「政府に抗議文をかいてもなしのつぶてなんじゃないの」とわたしはいった。「こういうことは青山さんにきいてみるのがいいんじゃないか。あのひとはものを書いているひとだし、それに政府の内部にも通じているだろうから」

　だれも賛成も反対もしなかった。

「こんどかれのいえにいったときききいてみるよ」

「だけど、こういうことははやくやらんといかんとおもうんだ」工藤青年がいった。「みんなが忘れてしまったころに抗議してもしょうがないよ」

「西河原さんは抗議してもなんの反応もなければそれでおわってしまうといっているんだとおも

うよ」村田が工藤青年にいった。「ぼくも日本の政府は抗議文なんかにいちいち返答なんかしないとおもうよ。日本の政府だけじゃないよ、どこの政府だって抗議文なんかいちいち相手にするはずがないじゃないか」

「そんなことやってもむだだということか」

「まったくのむだだとはおもわないけど。あっちこっちからうんと抗議文をうけとればなにかかんがえるかもしれないけど、まああまり期待しないほうがいいね」

「おもしろくないことばかりいうなあ、きみは」

「それじゃあ新聞に投書したらどうかね」とわたしはいった。「それなら反応もすぐわかるじゃないか」

「没にされたらどうなるんだい」

「そのときはそのときでまたかんがえればいい、二、三週間でわかるよ」

「新聞ってどの新聞に投書するの」

「そりゃ、朝日とか毎日とか読売とかみんながよむ新聞でいいんじゃないの」

「そんな投書のせてくれるかね」

「のらなくったってもともとじゃないか」

「新聞に投書をおくることはわるくないかんがえだとおもうよ」と村田がいった。「この記事がアメリカの新聞にだけでて日本の新聞はまったくとりあげないところにもんだいがあるんだから。

それが意図的なものかどうかはしらないけど」

「そんなの意図的にきまっているじゃないか」と工藤青年がいった。「とにかく、こういうことはてきぱきやろうよ。アメリカ人だってあんなにうるさくいってくるんだから」

佐藤首相の北爆支持発言について抗議の投書を大新聞におくることがこうしてGC寮の食堂できまった。アメリカ人学生がなにかいいはじめてから三十分もたっていなかった。みんなたいくつしのぎの面白半分でさんせいしたのだとおもう。森本と工藤青年が五百字くらいの短い原案をかいてきてそれを手直ししてプリンストン大学かんけいの日本人にみせ、よろしいとなったら新聞社に送ろうときめた。わたしはいたずらをはじめるまえのこどものようなわくわくした気分になった。


食事を終えるとその日はシャワーにはいらずにGC寮をでた。下宿をみにいくことになっていたのである。パットン・アベニューの家のフロ場は熱湯が出ないままだった。GC寮でシャワーにはいるから湯はいらないといえばいらないがあったほうがよい。それにだんだん寒くなってくると部屋の暖房があやしくなってきて家にいてもジャンパーをいつもきているようになってしまった。めんどうだったがまた新聞の下宿の広告をときどきみるようになっていたのである。やはりタウン・トピックスの広告でみつけたその下宿はナッソー・ストリートの北側で実験室にもっとちかいはずであった。

マディソン・ストリートの二十八番にいくと、約束どおり大家のミセス・ホーキンスがまっていた。ミセス・ホーキンスはミセス・シャミンスキーとおなじ四十すぎの年格好だったがシャミンスキーよりはやや小柄であかるい笑顔のひとなつこいひとだった。主人はここの教授でじぶんは大学の事務職員だといったがどこの学部かはいわなかった。上品でその顔には威厳があった。それに美人だった。空いているふた部屋の下宿は二階にあった。その家には三人の住人がいていずれも台湾からの中国人だとミセス・ホーキンスがいった。若いふたりが階下にすんでおり二階には年輩の教授がいるそうだった。彼女について二階にあがるとき階段がきしんだ。空いている部屋は二間つづきでほんの小さな部屋がまずありその奥がベッド・ルームだった。どうおもうかとミセス・ホーキンスがきくのでオーケーだといった。そしてわたしがケミストリーの実験室で研究をしている、あと二年くらいプリンストンにいる予定だというとグッド、グッドとうなずきたいへん気にいったようすであった。プリンストン大学でドクターをとるつもりかときくので、そうじゃないじぶんはもうドクターなのだというとそんなにわかくてもうドクターなのかというからじぶんはもう三十一歳だというと、ますますおどろいた表情で二十二、三かとおもっていたといった。あなたは一か月分の保証金を払わなくてもいい、前家賃だけでいいというので八十ドルの前家賃をはらった。ミセス・ホーキンスは隣室の陳教授を紹介してくれた。陳先生はもう六十ちかいひとで国立台湾大学の教授だそうで単身でプリンストンにきており、あと一年したら帰国するといった。わたしよりも英語のへたなひとだった。風呂と台所と電話は一階にあるそうだ。

電話も共用なのはふべんだとおもったがもうておくれだった。下におりるとミセス・ホーキンスが風呂場と台所をみせた。食料はここにいれておきなさいといって冷蔵庫をあけるとなかはすでに食料品がいっぱいつまっており隙間もなかった。ちょっとふたりにきいてみようといってドアをノックするとふたりの中国人がでてきた。ひとりはがっちりとして髪の毛をきょくたんに短かっているひとで、もうひとりはひどく小柄で度の強いめがねをかけひげをたくわえていた。林さんと周さんだとミセス・ホーキンスが紹介した。ふたりは二階の陰うつな老教授とは対照的で陽気で始終にこにこしていた。日本語でコンバンワともいった。ふたりとも東洋図書館につとめているというので、ミセス・アオヤマをしっているかときくと、オー、よくしっているとうれしそうにいった。ミセス・ホーキンスも満足げにきいていた。冷蔵庫のなかはさっそく整頓してニシガワラさんも使えるようにするといった。わからないことがあったらなんでも気軽にじぶんたちにいってくれともいった。こんな気のいいひとたちならガスレンジや冷蔵庫や風呂場や電話を共用してもやっていけると安心した。わたしはミセス・ホーキンスといっしょにおもてに出た。わたしがくるまのドアを開けようとすると、彼女はあなたは自動車をもっているのかときいた。わたしはイエスとこたえた。それなら自動車は家のわき道を運転して裏庭にとめていいといった。ミセス・ホーキンスは赤いムスタングにのってかえっていった。かえりみち、わたしはつぎの下宿をかんたんにきめてしまったが部屋さがしなんてこういうはずみでいいんだとおもった。わたしの引っ越し好きは父親ゆずりなのだ。部屋だけでなくそのあと職場もしょっちゅう変えたのである。

家につくとまだ九時まえだったのでもういちどGC寮にもどってシャワーであたまを洗おうかとおもったがめんどうなのでやめた。それより青山に転居予定の報告をし、投書の件の話もしておいたほうがよいとかんがえそのままアイゼンハウアー通りにむかった。

窓からなかをのぞくと青山が机にむかってすわっているのがみえた。ドアをかるくノックすると青山がでてきたのでもう遅すぎないかときくと遅すぎない、それにきょうは金曜日だからへいきだ、いまひとやすみしようとしていたところでちょうどよいといった。夫人がでてきて日本からようかんをおくってきたからお茶をいれてようかんをたべようとしていたところだけど西河原せんせいもいかがですかときいた。ようかんはたべませんというと、ようかんはおきらいですかときくのでようかんはきらいです、甘いからといった。そして、だけどどうぞわたしにかまわないでたべてくださいとつけくわえた。

「それじゃあ西河原さんはビールにしましょうか」と夫人がいった。

「いや、ぼくもお茶をいただきましょう」

「晩ご飯はもうおすみになったんでしょう。ちかごろはあまりおいでにならないのね」

「晩めしはGCでくうのがはんぶん習慣みたいになっちゃって」

「うちへもときどききてくださいよ」

「ありがとうございます。いったんはじめるとその生活パターンがしばらく続くみたいなんだけど、ＧＣでめしをくってそのあと一時間くらい玉突きをやって、一ドルかけるんですよ一ゲームに。それから工藤青年のところか、朝井さんのところか、関口さんのところか、ウィルキンスのところでシャワーにはいってから帰宅するというパターンです」

「シャワー？　なんでまたシャワーを」

「湯が出ないからですよ、うちは」

「湯が出ない？　ほんとにまだ出ないの？」

「出ませんよ」

「しんじられんねえ。まったく出ないの？」

「まったくじゃないけど。はじめの二、三分から四、五分は熱い湯が出ますね、時間帯によってちがうけど」

「それから水になる？」

「それから水になる」

「それじゃあまえとおなじじゃあないか。あのとき金をはらってくれれば湯のことは責任をもって早急に処理するとあのおっさんたしかにいったでしょう」

「そうですねえ、たしかにそういいましたね」

「西河原さんそりゃいかんよ。西河原さんのほうにももんだいがありますよ。二人も立会人がいるまえで金をとっておきながら約束をまもらなかったらそこで追及せんといけませんよ。いいかげんにほったらかしておくからあんな連中がいいきになるんですよ」

わたしはじぶんが追及されているようにおもえてきた。まずいことになってきたもんだとおもった。そしてなんとかいいわけを探そうとしているじぶんにきづいた。

「しょうがないなあ。ちょっとかけあってみましょう。おばさんの電話番号をおもちですか」

電話番号は家にあるがいまもっていないとわたしはこたえた。

「たしかホープウェルにすんでいるといったから、うちの電話帳にはでていないなあ」

「こんやはもうおそいからこのつぎでいいですよ」

「けしからんですよ、外国人にあんなうそをつくなんて」

「あしたでもシャミンスキーの電話番号をもってきますからよろしくたのみます」

まるで身内の人間がまずいことをやってしまってよそのひとから非難されるのをかばっているようだった。

「青山さん、じつをいうと湯はもうでなくてもいいことになったんです。つぎの下宿をきめてきました」

「つぎのげしゅく？　西河原さん引っ越すんですか」

「そう、引っ越すことにしました」

「いつきめたんですか」

「きょう。さっき」

「ずいぶん突然だなあ。どうやって見つけたんですか」

「タウン・トピックスで」

「じぶんで見つけて、電話かけて、見にいって、交渉してきめたわけか。りっぱなもんですねえ」

青山のきげんがいくらかよくなったようである。このひとは独立の人であるから独立の精神をまた好むのだ。

「あの……佐藤首相が新聞社のレセプションの席でなんかいったのをごぞんじですか」

わたしは話題をかえた。

「ああ、ハノイの爆撃に賛成だといったあれでしょう。じつにけしからんね」

青山はもちろんしっていた。

「首相はほんとにそうおもっているんでしょうかね」

「そうはおもってないかもしらんけど、アメリカの政策に迎合してみせているんですよ。きんたまがちぢみあがったやつらなんですよ、日本の政治家なんていうのは。自国にいるときにはえらそうなことをいっているくせに」

「きょうGC寮で晩めしをくっていたらアメリカ人の学生が寄ってきて日本人はみんな北爆に賛成なのかといっていましたよ」

「だから困るんだな、政治家がやってきてあんな発言をすると。めいわくするのはこっちですよ」

「工藤青年や村田くんなんかずいぶんおこっていたようだけど」

「あたりまえですよ、おこって。こういうときはおこらなければいかんですよ」

「……」

「おこって政府になんかいってやればいいんだ」

「青山さんもそうおもいますか。さっきそんなはなしがでていたんですよ。それでまず新聞に投書でもしようかと」

「投書か、投書なんかじゃなまぬるいな」

「投書はなまぬるいですか」

「もっとなにかこう、たとえばニューヨークかワシントンの日本領事館に電話をかけて領事をひとりここに呼びだして追及するとか」

景気のいい話になってきたがそんなにうまくいくともおもえなかった。それとも青山は政府関係で領事を個人的にしっているのだろうか。

「工藤青年は熱血漢だからなにかやるかもしらんね。村田もあの軽薄男だが意外にちゃんとしたことをいいますよ。森本君もそうだ、平凡だけどすじの通ったことをいう。朝井さんとか関口さんとかはなにもしないひとたちですよ」

「どういうことをやるのかわからないけど、ちょっとなにかいってみてもいいですね」

「そうですよ、はっきりじぶんの意見をいうのがこの国では原則ですよ。西河原さんまえにぼくが、ぼくらにできることがサムシングあるといったじゃないですか、サムシングですよ」

ぼくは面白半分なんだけどとわたしはいいそうになった。

「寮で日米の討論会をやってもいいじゃないですか」

討論などわたしの英語ではとてもむりだ。

「なにかあたらしいことが出てきたら青山さんにもおしらせしますよ」


月曜のあさ実験室にいくと、引っ越すことになったとみんなにつたえた。いつときくので、今週のいつか、もう家賃ははらってしまったといった。どこに移るの？　ナッソー・ストリートのむこう側でマディソン・ストリートというちいさな通り。いまいるところはぐあいがわるいの？ぐあいはわるくないけどお湯がでないから。湯がでない？　ボルスキーがびっくりしたような声をだした。いつかいっしょにアパートまでみにいったがあれからまたでなくなったの？　またじゃなくて、ずっとでないんですよ、もう三か月。三か月もお湯なし？　助手のポーラが顔をしかめてあわれむようにわたしをみた。東京では熱湯の出るアパートには住んだこともなかったからそういう生活の延長だとおもえばすむことだとおもったがそうはいわなかった。ボルスキーは深刻な表情で、それはじぶんがわるかったのだ、じぶんがうかつだったからきみにそんな惨めなおもいをさせてしまったのだ。それにしてもどうしてもっとはやくいってくれなかったのか。ほんとうにわるかった、とざんげするような表情で苦しげにいうのでたしょう芝居じみていたがきのどくになった。じぶんはそういうことには平気なほうだからどうかしんぱいしないでもらいたいとへたな英語でいった。ボルスキーはこんどのアパートでもし不都合がおきたらすぐにじぶんにいってくれといった。わたしはイエスといった。このひともいいひとなのだ。

その日もわたしはGC寮にゆき、食堂で晩めしを食おうとしていた。目の前の皿には鶏のもも肉のソテーがのっていた。われわれは食事をはじめたばかりだった。投書の件はあれいらい進展していないようだった。だれもそのことを口にしなかったからだ。

朝井がとつぜんフォークの背中で鶏のもも肉をたたきはじめた。

「西河原はん、うなぎどんぶり食わんか」

「うなぎどんぶり？　どこで」

「わしのへやで」

朝井はまだ鶏をぺたぺたとたたいていた。

「うなぎどんぶりもってんの」

「かんづめやけどな」

「せっかくチッキンをもってきたのに食わないでおいていくのはもったいないじゃないか」

「ええやないか、五ドルぐらいのもん。わしはトリはあかんね」

朝井はわたしのへんじをまたずに立ちあがるとわたしのそでをひっぱって歩きだした。

「ぼくがおかわりに食べといてあげるからいいですよ」と村田が笑いながらいった。

部屋にいくと朝井は引き出しからぺちゃんこのうなぎの缶詰をふたつとりだした。

「まずめしを炊かんといかん」

「いまからめしを炊くの？」

「うちのめしは五分で炊けるんじゃ。わしが発明したんや」

「はつめい？」

「煮いたったら水をぜんぶすてるんや、そしてもう一、二分炊いたらうまいめしができるんじゃ。まあ、フィリッピン流ちゅうわけやな」

きいただけでまずそうだとわたしはおもった。朝井はトイレで米を洗ってきて電熱器になべをのせた。

「西河原はん。まってるあいだにシャワーにはいったらどうです」

朝井はわたしのシャワーがはやいのをしっていた。わたしはおことばにあまえた。

シャワーからでてくると朝井はどんぶりに盛ったためしのうえに缶からとりだしたうなぎをのせているところだった。うなぎはやせてうすかった。

「さあ、はじめましょか」

朝井は洗った使用ずみのわりばしをくれた。

「やっぱりめしはうまいなあ」と朝井はいった。「どうじゃ、めしはうまいこと煮えとるやろ」

めしはコメをただ一度熱湯に通しただけのようで、かむと白い粉がこぼれそうだった。わたしはトリになったような気分だった。穀物をかたちのままで食うのはトリとニホン人だけだとどこかに書いてあったがあれはほんとだったのだ。しかしやせたうなぎの缶詰でもやすくないのだから朝井にかんしゃしなければいけないとおもうことにした。

投書のことはみんな忘れてしまったかとすこし気になったが、じぶんとは関係がないというふうなそぶりの朝井にはききだしにくかった。それでその夜は玉突きをしないで帰った。くるまを路上にとめて家にはいろうとしたらなかからひとりの男がでてきた。前庭をあるいて男にちかづくとそれが横田だったのでわたしはおどろいた。

「西河原さんおかえりなさい。GCからですか」

横田がさきに口をきった。

「おどろいたねえ、こんなところであうなんて。まさかうちにきたんじゃないだろうね」

「ともだちのところにきていたんですよ」

「横田さんのともだちって、この家にいるの?」

「ええ。おたくの二階にナターシャというソ連から留学している女の子がいるんですがごぞんじないですか。その子がウッドロー・ウィルソン政治学の学生なんですよ」

たしかに二階には若い女がふたりですんでいるようだった。

「そういえば女の子がふたりいるようだ」

「そうですよ。そのうちのひとりがナターシャですよ。かわいい娘だけど西河原さんしりませんかねえ」

「よくわからんな。一階の夫婦ならしっているがね。もっともしっているのはぶあいそな亭主のほうだけで、かみさんのほうはめったにそとにでてこないみたいだけど」

「ああ、あれはポーランド人なんですよ。奥さんはロシア人らしいけど」

わたしはこの家に三か月もすんでいるが横田のほうがこの家の事情にはよっぽどくわしいことが判明した。

「横田さんはこの家にしょっちゅうくるの？」

「しょっちゅうじゃないけど、ときどききますよ」

横田も男なんだとわたしはおもった。

「西河原さんスベトラーナをごぞんじですか。ナターシャと彼女の家にときどきいくんですよ」

スターリンの娘がプリンストンにきているということは青山からきいていた。

「うちによっていかない？」

「きょうはもうおそいですから、このつぎにします」

「そうか。いまからGCにかえるんでしょう」

「ええ」

「くるまでおくりましょうか」

「いいですよ、あるいてかえりますよ。気候もいいし」

「あるくとずいぶんかかるだろう」

「そうですね、二十分か三十分。それじゃあまた」

そういうと横田はどんどんあるいていった。満月に近かった。チェホフの「中二階のある家」だとわたしはおもった、相手はロシア人の娘だし。

部屋にあがるとスコッチを水でわってのみジャンパーをきたまま寝た。


引っ越しをじぶんでやろうとしたらブルースが手伝ってくれた。荷物を数回にわけてわたしのフォードとブルースのライトバンではこんだ。朝井があとから助けにきてくれた。南アから買ったマホガニーのベッドは森本にやることにした。夕方にもつをはこびおわると朝井は建築学のオフィスにいくがあとでまたくるといってかえっていった。わたしはそのあいだにシャミンスキー夫人に電話をかけて、引っ越すことにしたから手続きをしなければならないならつごうのいいときにきてくれといった。シャミンスキー夫人はいますぐいくといった。このひとはすぐくるひとなのだ。それでパットン・アベニューにもどると夫人がまもなくやってきた。荷物がぜんぶなくなっているのでおどろいたようだった。しかしおこっているふうでもなかった。家賃はほとんど一か月分残っているのだからもんくはなかろうとおもった。彼女はなぜ引っ越すのか、引っ越したのかという質問はしなかった。理由は自明であったからであろう。保証金の九十五ドルを返してくれるかとわたしはきいた。返すけれども床にワックスをかけたりしてもとの状態にしなければならないのでその費用を差し引いてから返すと彼女はいった。費用はいくらくらいかかるのかときくと、アイ・ドン・ノーといった。

わたしは朝井がくるかもしれないとおもってマディソン・ストリートの家にもどった。中国人の住人はみな帰宅していた。周、林の両人が台所で野菜の炒めものをつくっていた。油のこげるにおいが鼻をついた。よかったらいっしょに食べないかと周さんがいった。ありがたいけどともだちがくることになっているからそれまで待っているとわたしはこたえた。周さんがあなたはカメラのことはくわしいかときくのでカメラのことはくわしいというと、じぶんは日本のペンタックス・カメラをもっている、現像もプリントもじぶんでやるといった。日本のカメラ雑誌を何冊かもっているからみせようかというとぜひみたいという。二階にいって『アサヒカメラ』をもっておりてくるとふたりともメシを食いはじめていた。周さんはすこしでも食べたらどうか、たくさんあるからといった。林さんはなにもいわなかったがにこにこしてうなずいていた。わたしは固辞した。『アサヒカメラ』をみせると日本のカメラ雑誌はやっぱりアメリカの雑誌よりずっといい、アメリカの雑誌は広告ばかりだといった。

朝井はいつまでたってもやってこなかった。こんなことならさっき周さんが食べろといったときすこし頂戴すればよかったとおもった。わたしはよかったら雑誌はさしあげますというと、いやいやもらわなくてもいいが二、三日お借りしてもよいかというのでどうぞどうぞといった。ふたりがねむそうにしているのでわたしは二階にひき上げた。陳先生がさびしそうに立っていた。このひとは階下の中国人とは親しくやっていけないらしかった。としのせいかもしれないとわたしはおもった。

「アメリカは好きか」と陳先生がいきなりきいた。年配になってからアメリカにきたので適応できないのだ。

「あと一年で帰るんでしょう」と日本語でいうと警戒するように階下をうかがった。

「やっぱりアメリカはあわんですねえ」と陳先生も日本語でいった。「家内が心配してまい月食料品を送ってくるんですよ」

「陳せんせいは日本語がおじょうずですねえ」

「わたしは日本の大学を出たんですよ。わせだだいがく」

「ああ、早稲田ですかせんせいは」

陳せんせいは声をひそめた。

「下のふたりは日本人がきらいですからねえ」

まさか、とわたしはおもった。そのはんたいにふたりとも日本がすきなのではないか。周さんは日本のカメラがすきだし日本のカメラ雑誌もいいといった。陳せんせいはわかい日を日本ですごしたのでいまだに自国でも同化できないのではなかろうか。この老人とつきあうにはかなりたいくつをがまんするかくごがいるらしい。せんせいはさびしそうに自室にひきあげた。

もうこないとおもった朝井がやってきたのは十一時すぎだった。朝井の顔をみるとわたしは空腹をあらためて認識したがそとへ食事にいくにはおそすぎた。わたしの手持ちの食料は即席ラーメンだけだ。したがって即席ラーメンをつくることにした。わたしはなべとどんぶり様の容器をもっていた。必要なものは熱湯だけだ。そこで台所におりて湯をわかすことにした。わたしはまっ暗な台所にはいっていったが電灯のスイッチのありかをたしかめるのが困難だった。かべや柱のあちこちを手のひらでなでてみたがむだだった。冷蔵庫のドアをあけるとあかりがなかからもれスイッチの場所が確認できた。ところが冷蔵庫のとってから手をはなすとドアがひとりでに閉まりそのときバタンと音がした。部屋のなかでだれかが動いたようであった。わたしはそれでもなんとか湯を沸かすことができた。熱湯のはいったなべをもち階段をきをつけながらのぼった。ここで湯をひっくりかえしたら百年目だ。ともかく朝井とわたしはどんぶりにいれた即席ラーメンに湯をぶっかけて食ったのである。それからふたりはひそひそ声で話をした。べつに話したいことがあるわけでもないのにひそひそ話をしなければならないのが気にいらなかった。朝井もおなじだったかもしれない。朝井に泊まっていくかときくと朝井は目がさえてねむれそうもないといった。わたしはねむくなるまでひそひそ話をつづけるのはいやだったのでGC寮まで送っていこうといった。電灯をけしてふたりはおもてにでた。裏庭へまわってくるまのエンジンをかけ軒下のせまい私道を通っておもてにでた。ナッソー・ストリートに出ると十二時前だった。朝井がきてから一時間もたっていないのだとわかった。まだ開いている店もあり、ニューヨーク行きのバスの発着所には数人がバスをまっていた。GC寮について朝井のへやにはいってスコッチをすこしのむとマディソンの家にかえるのがめんどうになってきた。そしてちいさなソファーのうえで寝てしまった。

あくるあさめがさめると朝井はいなかった。それはめずらしいことなのだ。わたしはひとがおきて出かけるしたくをしているときしらずにねていることはめったにない。まだそんなにおそくはなかったのだ。わたしはひとりで食堂にいった。村田と関口と工藤青年とそれにウィルキンスが食卓にいた。ウィルキンスはいつもあさオートミールである。

「西河原さん寮にとまったんですか」

「ゆうべ朝井さんをおくってきてすこしのんだら帰るのがおっくうになってしまって」

「朝井さんははやくでていきましたよ」

「そうらしいね。目がさめたらもういなかったよ」

「西河原さん、あれ書いたよ。今夜みといてくれる?」

投書のことを工藤青年はやはり忘れていなかったのだ。

「いまでもいいよ」

「いや、ここにはないんだ。研究室においてあるんですよ」

「そう。じゃ、あとできみの研究室によるよ。森本くんといっしょに書いたの?」

「いや。森本さんはそのうち書く、書くといっていっこうに書かないからぼくがひとりで書いちゃったよ、きのう」

「西河原さんこんどのアパートはどうですか」ウィルキンスがきいた。

「まだわからないよ。きょうで二日めだもの」

「デンワかけさせてくれませんか。ニホンに。コレクト・コールだけど」

「いいとおもうよ。デンワは共用だけど、コレクト・コールだったら」

「なんだい。また日本人のガールフレンドかい」と村田がいった。「しょうがないんだよなあ、こいつは。いつも東洋人の女ばかり追いかけて」

ウィルキンスの部屋にはしょっちゅう中国人や日本人の女が泊まりにきているというはなしだった。

「ぼくは半分イングランド人で半分スコットランド人なんだが下の半分がスコッティッシュらしい。どうもそのせいでスケベーらしいです」

関口はにこにこしてひとのはなしをきいていた。彼はウィルキンスがすきなのだ。工藤青年はわるびれもせず朝食の残りにもう一皿お代わりをあわせ、さらにフルーツもくわえてひるの弁当を準備していた。コーヒーがおわるとうまいぐあいに西河原さんのくるまがあるからそれにのっていこうということになりわたしのくるまでキャンパスにむかった。フォレスタル・キャンパスにいく関口だけはもちろんじぶんのくるまでかけた。それぞれをそれぞれの場所におくりとどけるとわたしは実験室にいった。そこで森本にあった。

「工藤青年が投書の原稿を書いたといっていたぞ」

「ああ、そうなんだ。ぼくも気になっていていつも書こう書こうとおもっていたんだがそういうことになれないもんでぐずぐずしちゃったんですよ。わるかったなあ。でもこれからはやるべきことはかならずやりますから」

「五百字だってけっこうめんどうだからね」

「で、どんなぐあいでしたか、工藤青年の原稿は」

「ぼくもまだみていないよ。研究室にあるといっていたからあとでとりにいこうとおもっているんだ」

「そうですか、ぼくにもみせてください」

「そりゃもちろんみせるけどね。投書はわれわれみんなでしあげるというたてまえだからね。ぼくが責任者ということじゃないんだよ。ぼくはいま引っ越しのさいちゅうなんだからできたら工藤青年と森本くんとでたたきあげておいてくれるといいんですがね」

「わかりました。そういえば西河原さん引っ越したそうですね。どんなぐあいですか、こんどのところはもちろんお湯つきでしょう」

わたしの湯のはなしはあまねくしれわたっていた。

「湯はもちろんあるけどあとのことはまだわからないね。距離的にはいいよ。ここから歩いて五分だからね。ゆうべ帰っていないからいまからようすをみにいくところですよ」

マディソン・ストリートの家のドアを開けるとミセス・ホーキンスがいた。しんぱいでようすをみにきたのだといった。二階にあがると彼女もついてきた。部屋のぐあいはどうか、ゆうべはどうだったときくのでオーケーだといった。ゆうべはよそで寝たとはいいにくかったからだ。本のはいったダンボールが床のうえにいくつかあり中身がむき出しになっているのをみて夫人は棚にのせましょうかといった。あとでやるからいい、といったが彼女はふたりでやってしまえばすぐだといった。ふたりでダンボールから本をとりだして棚にのせ、のらない分は円卓のうえにならべた。英語の本ばかりではないから夫人はなにもわからずにつみあげるだけであとでまた整理のしなおしをしなければならず、手伝ってくれても時間のけんやくにはならなかったのだが、彼女がせっせと働いているので止めるわけにもいかなかった。彼女が数冊の本をテーブルにのせようとしたとき二枚の白黒写真が床の上に落ちた。彼女はそれを拾いあげてわたしに見せた。一枚は友人たちやおとうと、その婚約者たちといっしょに乗鞍にのぼった時の写真、もう一枚は和服すがたの母だった。母はめがねをかけていた。ほとんど弱視だった。新潟生まれで、雪で目がやられたのだと親戚のひとたちからきかされていたがわたしは子供のころから信用していなかった。雪国には弱視がおおいなんてうそだろう。いとこの娘にもふたり弱視がいて、小学生のときからビン底めがねをかけていたから、女子だけに隔世遺伝する形質なのを知っていて雪国のせいにしているのだろうとわたしはきめていた。

ミセス・ホーキンスはしゃがみながら二枚目の写真とわたしの顔をなんども見くらべていたが、

「マザー?」ときいた。わたしは無言で二、三度うなずいた。

「やさしいお母さん!」

お母さんときたら、かならずやさしいとくる。やさしいは母の枕ことばだ。これは世界のきまり文句なのだろう。わたしの母はそんなにやさしい母親ではないのだ。大学病院に勤務しているしっかり者で、ひとからうしろ指をさされないようにいつも気をつかって生活している。盆暮れの贈答なんか忘れることはけっしてない。わたしは母のそういうところが嫌だったのだ。にんげんはきまり文句を並べていれば波風がたたない。父とわたしは場違いのところで場違いのことをいうくせがあった。父が死んでもう何年になるだろう。戦後まもないころで、数年わずらって死んだときは家計がくるしく、死んでもふつうの寝棺が買えず、小さな座棺という安い木箱に遺体をいれた。焼き場にいくまえ、葬儀屋が、最後のおわかれですといって棺のふたをとったとき、集まった隣組のひとたちは「まあ、きれいなお顔」といってすすり泣いた。父の顔は座っていたせいか皮膚がたるんで下がっていた。死顔をみて「きれい」というのもきまり文句なのだ。わたしはなんどか似たような場面にそうぐうしたが、いつも「きれい」だった。

ミセス・ホーキンスはどうですきれいになったでしょうと茶色の目を細めて満足げにいった。

その笑顔をみているとなんてむじゃきで可愛いひとなんだとおもった。わたしは姦淫のこころをもって夫人をみてしまった。夫人はここのチャイニーズ・ボーイたちもグッド・ピープルだからなかよくしてくださいねといってかえっていった。

わたしは乗りかかった舟だというような気分になり、本を分類して並べなおした。かたづけながらやけくそのような調子でうたった。

「……おうまのかあさん　やさしいかあさん　こうまをみながらぽっくりぽっくりあるく」

「……ぞうさんぞうさん　だあれがすきなの　あのね　かあさんがすきなのよ」

ＧＣ寮で晩めしをすませその晩は玉突きはやらずにはやめにかえると階下の中国人たちは食事のあとかたづけをしているところだった。わたしがハローというとふたりともハロー、ハローと大きなこえで応じた。林さんはもうめしはすませたか、じぶんたちはたべものをたくさんつくったのでまだいっぱいあまっている、よかったらたべなさいといった。わたしはいまＧＣ寮でたべてきたばかりだというと、ＧＣで食事の契約をしているのかというから、契約はしていない、食事のたびに五ドルはらうのだといった。一食五ドル？　それは高い。ここで料理したほうがずっとやすいと林さんは強調した。あなたもここで料理していっしょにたべようと周さんも同調した。それではわたしもときどきここで料理してたべることにしましょうとわたしはいった。『アサヒカメラ』はたいへん楽しいがもう二、三にち借りておいてもいいかと周さんがいうので、よかったらさしあげますというと、いや、みたいときにみせてもらえばいい、じぶんもあんな雑誌をまい月みたいからニューヨークかどこかで手にはいるところがあったらおしえてください。ニューヨークには日本の本屋があるけどずいぶん高いそうだから、そのうち弟にいってひんぱんにおくらせるようにしよう。林さんも周さんも上きげんだった。

マディソン・ストリートに引っ越してきて一週間がたった。青山からたまにはうちにきて食事をしてくださいといわれた。GC寮で夕食をすませることがおおくなったがそれでも二週間にいちどくらいは青山のうちにもやっかいになっていたのにたまにはとはどうしたことだろう。青山夫婦には晩めしの点ではせわになりっぱなしである。こちらからなにかもっていったものといえばお茶と味の素がたった一回である。GC寮で一食五ドルはらって食ったほうが気がらくだった。青山夫人の婚前交渉は是か非かのような問にこたえねばならぬのも気がおもかった。あれもトルストイの読みすぎのせいかとおもったりした。それに青山の家ではほかの客にあうことはまずない。GCでめしを食っていればかならずいくにんかの顔見知りがあらわれふざけた話ができる。そうはいってもわたしは青山の家がきらいなわけではなかった。青山ははなし好きでその話はたいくつではなかった。その夜はGC寮はやめて青山のうちにいった。青山とリビング・ルームではなしていると夫人が小さなエプロンをかけた姿で台所からでてきた。

「西河原せんせい。こんどのおたくに中国人のおとこのひとがふたりいるでしょう」

「三人いますよ」

「あそうですか。ふたりがわたしとおなじ職場にいるんですよ」

「それはかれらからきいていました。ミセス・青山をしっているって」

「つまらないことなんですけどあのふたりが西河原さんの苦情をいっているんです」

「苦情？」

「夜中にともだちをつれてきたとか、台所でばたばたうるさくクックしたとか」

「それをおくさんにうったえたのですか」

「わたしだけでなく東洋図書館には中国人がおおいですからねえ。引っ越された日もおそくなって裏庭で自動車のエンジンをぶうぶうかけたのでだれも寝られなかったとか。大家さんにもつぎの朝すぐ電話したらしいですよ」

ミセス・ホーキンスが昼間マディソン・ストリートの家にきていたのはそのせいだったのだ。だけど夫人は本の整理をてつだってくれたりして上きげんだったではないか。

「大家のホーキンスさんにはその日会ったんだけどなんにもいっていなかったがなあ」

わたしはひくいこえで記憶をたどるようにいった。

「引っ越してきたばかりだから大家さんもなにもいわなかったのかもしれないわねえ、苦情はきいたかもしれないけど」

そんなことより階下の住人のわたしにたいする親しげな態度からはあのふたりがわたしの悪口

を大家や他人にいいふらすとは想像できないことである。

「あのふたりはごはんをいっしょに食べろとか、顔をあわすといつも親しく話してくるんだがわたしの悪口をいうとは信じられんですね」

信じられなくてもそうなのだと青山夫人はいった。わたしにはなにがどうなっているのかさっぱりわからなかった。しかし、かれらにひとことあやまっておいたほうがよさそうだとおもった。夫人もそのほうがよさそうねといった。


家にかえったのはまだ宵の口だった。その日はひとと話を続けるのが少々おっくうだったからだ。ふたりの中国人はもう食事をおわっていたがまだテーブルにすわっていた。ニシガワラさん、こんやもごはんはGC寮ですましたの。いや、こんやは青山さんのところでたべた。おおアオヤマさんのところで、グーッド。アオヤマさんのところはいいがGCはたかいよ、と林さんがいった。周さんがまあ座りなさいといってあつい茶をついでくれた。食事のあとは茶がいちばんいい。ニシガワラさん、週末にいっしょに食料品の買い出しにいきませんか。あなたの自動車は大きいから四人の一週間ぶんのたべものは一回ではこべますよ、もしあなたがいっしょにきてくれればいいですよ、遠いんですか。ショッピング・センターまで車だったら十分もかかりませんよ。だけどおもい食料品をかついで歩けるきょりじゃありませんね。ぼくらは三人で一台の自転車をもっているけど自転車じゃ三人いっしょにいけないし、荷物ものらない。いいですよ、いつでもそういってくれればいっしょにいきますよ。このひとたちはやっぱり仲よくなろうとしているのだ、とわたしはおもった。それでもわたしはいってみた。ゆうべ自動車を裏庭からだしたのでうるさかったでしょう。おそくなって友だちをGC寮におくっていったものだから。こんどから車は裏庭にいれないでおもてに止めることにしますよ。そんなことときにしなくてもいいよ、とふたりともわらいながら首をふった。われわれはいったん寝てしまったらエンジンのおとくらいじゃあ目がさめないよ、といってふたりで顔をみあわせてうなずいた。裏庭のほうが安全だよ。そんなことより週末にスーパー・マーケットへいっしょにいくことを忘れないでね。わかりました。それから土曜日はショッピングのあとここでみんなで料理をつくってたべようよ、二階の陳せんせいもいれて。あなたの友だちもつれてきたらいいよ。朝井のことをいっているらしい。わたしがさっき青山のところで食事をしたといったのだから、このふたりがわたしについての苦情をいったのだったら青山夫人をつうじてそのことをわたしがきいたのはあきらかなのにふたりともそんなことはまるで関せずの話しかたである。ふたりが新しくきた日本人のことをちょっと図書館で話したのを青山夫人がかってに拡大かいしゃくしていっているだけではないのか。あなたはお酒はのまないのかと周さんがきいた。ビールもスコッチものむというと、じぶんたちはアルコールはのまないけれどあなたがのむのはちっともかまわない、ビールはこの冷蔵庫にいれて冷やしておけばいいといった。そこへウィルキンスから電話があった。こんや電話をかりて日本にコレクト・コールをかけてもいいかという。コレクト・コールならもんだいないだろうというと、もうしばらくしてからいくといった。電話をきってからふたりにともだちがきてここから日本にコレクト・コールをかけるがいいかと承諾をもとめると、ああ、そんなことぜんぜんもんだいない、いちいちそんなことをおれたちにきくことないよ、これはみんなの電話なんだからといった。

ウィルキンスがやってきたのは九時すぎだった。二階にあげてベッド・ルームのいすにすわらせると、いい部屋だといった。ウィルキンスはパットンのときもおなじことをいった。ひとの家にはじめていくときはかならずそういうことにしているのかもしれない。かれは日本の時間に合わすため十時すぎになってから電話をかけたいといった。われわれはスコッチをのみはじめた。ウィルキンスはれいの投書の件はどうなったかといった。工藤が下書きをしたはずなのだがわたしは引っ越しでごたごたしていたのでまだ見ていない、森本と工藤とで仕上げているはずだといった。するとウィルキンスはさっきGC寮の食堂で工藤青年にあったがかれはなにもいわなかった。しかしアメリカ人学生のあいだに日本人が首相の発言にプロテストしてなにかやろうとしているというはなしがかなりつたわっていて話題になっているといった。アメリカ人の学生は徴兵にとられたくないからそういうことに敏感なんでじぶんたちにとくなことは正義ということなんだともいった。ウィルキンスはさけをのみはじめると、日本人の彼女は中国からの帰りに日本でみつけたガールフレンドだといった。まい晩彼女のゆめをみるよというので、ふうんエロなゆめをみるかときくと、うんエロなゆめをみるよといった。十時をすぎると階下の明かりは消えて台所のあたりはしずまりかえっていた。わたしはウィルキンスについて階段の下り口までいった。ウィルキンスは心得ているように階段を下りていった。しばらくしてウィルキンスがマリコ、ベイビーといったようにおもえたがあとはかなり早口の英語でしゃべりはじめた。英語のわかる女だったのだ。わたしは部屋にひきかえした。するとウィルキンスがすぐに上がってきたのだ。部屋にはいるとかれはわたしの顔をみてくびをなんども左右にふった。ウィスキーのせいか顔が赤かった。

「ぼくがはなしているとチャイニーズ・ボーイがドアをすこし開けて顔だけ出してクワイエット、クワイエットといったんだよ」

わたしは時計をみた。十時十八分だった。となりの陳せんせいの部屋からはなんの物音もきこえなかった。ウィルキンスはもうかえるといった。

わたしは送っていかなかった。

あくる朝わたしはおそく目をさました。ゆうべのみすぎたスコッチのせいかもしれない。食欲はまったくなかった。とにかく実験室にいこうとして階段のしたでまえかがみになって靴のひもをむすびからだをもとにもどすとちいさいテーブルのうえのふたつ折りになった黄色の便せんに気づいた。おもてにミセス・ホーキンスへと書かれている。階下の住人から大家にあてたメモである。わたしは直感で内容がなんであるかをさとった。

「電話ではなしたとおりこんど入居したジャパニーズは夜中になって友だちをよんで台所でクックした。また、おそくなって裏庭で自動車のエンジンをかけるのでかれが来てからだれもよくねむれない。このジャパニーズの生活態度は健全な市民のものとはおもえない。かれは共産主義者かもしれない。ゆうべもおそくなってから友だちをつれてきて台所の共同電話からニホンへ長距離電話をかけさせていた。これはあまりにも常識を欠いたふるまいだとおもう……」

実験室にいくとボルスキーがつかれた顔をしているがだいじょうぶかときいた。わたしはイエスとこたえた。こんどの下宿はどうかときくのでまた引っ越さなければならないかもしれないといった。また湯のせいじゃないだろうなというので、湯はだいじょうぶだが居心地がよくないのだといった。なぜ居心地がわるいかというとそれはむずかしくてうまくいえなかった。ボルスキーはじぶんのすんでいる大学の教員寮に空きアパートがあるかどうか事務所できいてみようといった。すむところが居心地がよくないとおちついてしごとができないとまえとおなじことをいった。そしてこんなことは忘れるまえにすぐ実行すべきだといってハウジング・オフィスにそのばで電話してくれた。アパートにはいくつか空き部屋があるらしい。わたしが教員アパートにはいる資格をそなえているかだけがもんだいらしかった。入居者の条件はまずプリンストン大学で学生を教えているかまたは研究活動に従事していること。これはまずもんだいない。つぎに既婚者あるいは同居する家族があること。つまりそこは独身寮ではないのだ。ボルスキーがうまいいれ知恵をしてくれた。ワイフが半年後にくるといえばよい。ハウジング・オフィスは四時で閉まるからいますぐいって手配させたほうがいい、だれかいっしょにいったほうがよければトムにいかせてもいいしじぶんがついていってもいい。ひとりでいくとわたしはいった。このアメリカ人は親切のあまりおしつけがましいところもある。しかし、おもいたったらこうやってすぐに行動をおこすのはわるいことではないとおもった。ハウジング・オフィスにいくとボルスキーからすでに電話がいっており係員がまっていたのでなにごともスムーズにいった。わたしのなまえや所属学部や大学の研究活動へのかかわりあいについてはボルスキーからきいて申込用紙にかかれていた。のこっているのは家族にかんする項目だけであった。そこがまた困るところであったのだ。しかし係員は家族は半年以内にこられるのですかとボルスキーがいったとおなじことをいった。わたしはイエスといった。うまいぐあいに配偶者のなまえや子供の年齢などはきかれなかった。まるで気にしていないふうだった。半年すぎたらそこでまた家族の渡米は都合でおくれるといいわけすればいいのだ。これもボルスキーの知恵である。係員は書類をしばらくしらべていたがそのうちの一枚をひっぱりだすとファカルティー・ロードをしっているかときいた。わたしはノーとこたえた。係員は地図をだしてきて、ワシントン・ロードとアレキサンダー・ロードのあいだにファカルティー・ロードがある。そこをおくに入るとカーネギー・レイク沿いにマギーとヒブンのふたつのビルがありあなたのアパートは左側のヒブンの一階の1Pです。一階がダイニング・キッチンとリビング・ルーム、二階にふたつベッド・ルームがあります。家賃は月額百二十五ドルで給料からちょくせつ差し引かれます。

ずいぶんあっけなくきまったもんだとわたしはおもった。あの、それでいつからはいれますか。七十二時間以内にはいれるはずです。そうじと点検をするだけですから。ここにサインをしてください。それからあしたの午後、この時間までにアパートのかぎをここへとりにきてください。七十二時間とはまたいそがしくなってきたものだ。マディソンの下宿にはまだ二週間も住んでいないからこれは間借りの最短きろくになりそうだとおもったりした。

わたしは実験室にかえってボルスキーや学生に首尾を報告した。ボルスキーはじぶんはマギーの4Bにいるといった。あのアパートならもうあんしんだ、おちついてしごとにうちこめるとボルスキーはじぶんの手柄のようにいった。わたしはミセス・ホーキンスにどういいだそうかとかんがえた。よい知恵もうかばなかったが中国人たちがわたしをきらっていることは彼女もしっているはずだからこれでめんどうがはぶけるというものだ。彼女にとってもおなじ貸家のなかでごたごたをおこされるよりはましだろうからそんなに気にすることもないとおもうことにした。ミセス・ホーキンスのオフィスに電話するとあしたはフィラデルフィアにでかけるのでここにいないけどあさってならランチ・タイムにマディソンの家にいくということだった。

ポーラがさっきあなたが出ていったあとでだれかがこれを置いていったといって白い封筒をくれた。図書館のアドレスの印刷された封筒で封がされMRS．AOYAMAとおもてに書かれていた。青山夫人ならなぜ電話をかけてくれなかったのだろうとおもって封をきってみるとなかから図書館のメモ用紙がでてきた。

「西河原先生はやはりあの下宿をはやく出られたほうがよいとおもいます。くわしいことはのちほど。　青山真規子」

くわしいことはきかなくてももうわかっていた。またあのふたりが図書館でいろいろいったのだろう。引っ越し先が奇跡のようにきまってしまっていたのはさいわいだった。

ふつか後、ひるまえに家にもどって二階でまっているとミセス・ホーキンスがやってきた。わたしのかおをのぞきこんでどうしたのといった。つまり、どういう理由で引っ越してきたばかりのこの家をでていくのかときいているのだ。わたしはここの住人にめいわくをかけているようだから引っ越したほうがいいとおもうといった。なんでそんなに気にするのか、あなたはそんなにわかいのにおとなみたいに気を配りすぎると彼女はいった。それは中国人のつげぐちなんかわたしはちっとも気にしていない、あんなものはまじめにうけとめていないといっているようだった。そして、ほんとに出ていくのかといった。わたしは出ていくほうがよいとおもうといった。夫人は引っ越すさきはきまっているのかときいた。わたしはヒブン・ビルの一階だといってハウジング・オフィスで受け取ったばかりの新しいカギをみせた。夫人はだまって二度ほどうなずいて、あれはいいアパートだといった。そしてわたしの顔をみてかるいためいきをついた。夫人が告げ口をする中国人よりわたしのほうを気にいっているのか、それともまた新聞に広告をだして借り手をさがす手間をおもってうんざりしているのかわたしにはわからなかった。どっちにしてもこのひとは感情をかくせないすなおなひとなのだとおもうと彼女がいじらしくなった。わたしはおもわず彼女のからだに手をまわしてだきしめてしまった。じっとしてうごかないでいる聡明な顔をした女がいとしくなり、わたしもなにもいわずにじっとしていた。やがて女はわたしのほほにキスしてくれた。そのあとわたしたちはながいこといっしょにいた。このひとは京都にいるわたしの母親とわたしのあいだぐらいの年なのだがこどものようだとおもった。そして彼女のざらざらしたようなきめのあらい肌がだんだんすきになってきた。その日の午後われわれは二度性交した。彼女はあまり話さなかったが、大学教授の夫とは別居していてもうすぐ離婚するのだといった。きのうフィラデルフィアにいったのは弁護士にあうためだったといった。この家は離婚のさいに自分がもらうことになっている家だといった。ヒブンのアパートは知り合いがおおいからいかないともいった。夜になってから彼女とわたしはトレントンの街まで食事に出かけた。トレントンはニュージャージーの州都だがきたない街だった。

ヒブンのアパートはおもったよりずっと上等だった。道路からアパートの建物まではぞうき林があり八階だてのビルは二階ごとが一単位になっており、どのアパートも下の階にダイニング・キッチンとリビング・ルームがあり階段を上がると二階はベッド・ルームだった。その階段がまたしゃれた回り階段だった。リビング・ルームのおおきなガラス戸ごしに芝生がみえそのさきは湖だった。わたしはひょんなことから豪華なアパートの住人になったのだった。そのりっぱなアパートは家具つきではなかったためわたしははこんできたり借りてきたりしたありあわせの家具や寝具を部屋のあちこちにおき寺小屋のような生活をはじめた。そうなるとパットン・アベニューでの湯のない何か月かがうそのようにおもえてきた。そしてあのいばりくさった大家のいじわるばばーに仕返しをしてやりたくなったのである。保証金の九十五ドルはもちろんかえってこなかった。シャミンスキーが保証金のなかから床にかけるワックスの代金を払うといったときあの金はまきあげられたようなもんだとおもってあきらめていたのである。あきらめてはいたがこのことはだれにもいわなかった。青山にもいわなかった。青山にいうとだらしがないとけいべつされ、正当な権利を放棄することは社会悪であるような議論になりかねないという気がしたからだ。とはいうものの悪徳大家をこらしめてやれというのはほかでもないやはり青山の案なのであった。青山の友人が被害をうけたはらいせに大家のやりくちをくわしくかいた手紙をニュージャージーの州知事に送り、その結果大家はとっちめられたという話を青山からきいたおぼえがあったのである。それくらいのことならわたしにもできる。わたしはシャミンスキーの亭主に脅迫状を送ってやろうとおもいたった。

「あなたはパットン・アベニュー五十一番にいた三か月間湯がでないためにわたしがどんなに不自由なおもいをしたかじゅうぶん想像できるとおもいます。この国では熱湯が家賃のなかに含まれていることは周知のじじつです。あなたとあなたの奥さんはわたしのボスであるボルスキー教授にでんわで、またわたしのふたりの友人のまえで家賃をはらえばかならず湯がでるように処置すると約束されたにもかかわらずその約束を履行されなかった。それでわたしはやむをえず転居を決意せざるをえなかったのです。しかるにあなたの奥さんは保証金九十五ドルをかえそうとしなかった。下宿の床にワックスをかける費用に使い残金をかえすといわれた。しかし、あれから一か月たったいまもわたしは残金を受け取っていない。わたしはあなたの奥さんには返金の意志がないと判断せざるをえない。きくところによると、台所の施設のない部屋をアパートと称して賃貸しすることはプリンストンでは違法行為だときいている。わたしはあなたがただちに保証金九十五ドルを返金されることを希望する。さもなくばわたしはニュージャージー州知事にあなたがわたしにたいしてとった行為をうったえ、さらにタウン・トピックスに事情のわからない外国人をだます悪いにんげんとしてあなたがた夫婦のことを投書するつもりだ。義務をすみやかに履行されたほうが身のためだ……」

わたしはシャミンスキー夫婦にそれほど立腹しているわけではなかった。こうやってRCAの小心なエンジニアのどぎもをぬいてやろうとおもったのである。面白半分であった。手紙はRCAの職場に送ることにした。家に送ってシャミンスキー夫人の手に入ったらごみ箱に捨てられるだけだとおもったからである。わたしはけっこう楽しみながら手紙の下書きをかいた。そしてタイプライターが入り用なことに気がついた。ニューヨーク・タイムスの広告をみるとタイプライターはプリンストンで買うよりニューヨークで買うほうがずっとやすいらしいことがわかった。

あくる日わたしは自動車にのってひとりでニューヨークまでいった。タイプライターを買うためである。わたしはニューヨーク・タイムスの広告の切り抜きをもってレキシントン・アベニュー二十七丁目の代理店に直行した。そこでスミス・コロナの新型の電動タイプを買った。わたしが新聞の切り抜きをみせるとイタリアなまえの店主はこの型は二百三十ドルで売っているがニュージャージーからわざわざきたのだから二百ドルにしてやるといった。あとでわかったがその型のタイプライターは百八十ドル以下で買えたのだった。一九六七年の秋のことである。わたしはタイプライターをくるまにのせ、リンカーン・トンネルをぬけてプリンストンにもどった。考えてみるとそれはわたしのはじめてのニューヨーク旅行だったのだ。わたしはタイプライターのことしかあたまになかったのでニューヨークの街を見物するよゆうなどなかった。のちにニューヨークにスシをたべにいくようになるといつも亀八に直行した。わたしは直行派らしかった。プリンストンにもどると買物旅行がほとんど一日しごとであったことがわかった。スイッチをいれると電動タイプライターがうーんとうなりたよりになりそうであった。手紙を打ちおえると白い封筒にミスター・ラルフ・シャミンスキーとまず打ち電話帳でしらべたＲＣＡのあて先を書きそえた。

手紙はおどろくほど速効性があった。手紙を投函して二日目の夕方のことである。その日は工藤青年と森本がまもなくやってくることになっていた。新聞社あての投書を仕上げるためである。だれかがドアをノックしたときわたしは台所で晩めしのしたくをしていた。みそ汁の味見をしていたわたしはなべのふたとしゃもじをもったまま戸をあけた。工藤青年か森本がきたとおもったのである。するとそこにシャミンスキーがたっていた。会社の帰りとみえてネクタイをむすび手には小さなカバンをもっていた。わたしはハローといったもののじぶんが両手にもっている台所用品をみてあわてた。そのうえランニング・シャツにパジャマのズボンすがたで脅迫者の威厳はまるつぶれだった。シャミンスキーはにこりともせずにあなたにいくら借りがあるのかといった。わたしは九十五ドルだといった。ワイフはまったく返金していないのかときくのでそのとおりだといった。するとシャミンスキーは小さなカバンのなかからチェック・ブックをとりだして九十五ドルのチェックを書きはじめた。なかに入ったらどうかとすすめたがシャミンスキーはここでいいといった。わたしはまだ両手にさきほどからのものをにぎっていることに気づきいそいでそれを台所の流しに投げるようにしておいた。パジャマを着がえる時間はもうないとかくごした。シャミンスキーはチェックをだまってわたしにさしだした。わたしはそこに九十五ドルとかかれた文字をみた。そしてサンキューといってそれを受けとった。そして、脅迫している当の相手にむかってサンキューもあまりよくなかったとおもった。シャミンスキーはオーライといったようだった。そしてそのままかえろうとしたのでわたしは手をさしだした。戦闘の終結のあいさつだった。シャミンスキーはしぶしぶ手をだして握手に応じた。そしてだまってくるまのほうにたち去った。脅迫されても相手のほうが落ち着いていたことでわたしはしばらく負け犬のようなみじめな気分になった。やりきれないのは対決がおそらくシャミンスキー夫人のしらないところで始まりまた終わってしまったことである。シャミンスキーはじぶんが九十五ドル返金した件をヒステリーの細君にはいわないだろう。それではなんのために脅迫したのかわからない。わたしはもともと九十五ドルなんかどうでもよかったのだ。あのシャミンスキーの気違いかーちゃんがふるえあがったり、くやしさにキンキン声をだして亭主にむしゃぶりついたり、罪もない飼い犬をいじめたりしてほしかったのだ。してみるとわたしのもくろみは不首尾におわったといわざるをえない。こんないきさつをミセス・ホーキンスに話したら彼女はいやな顔をするにちがいないとおもった。あるいはあはははとわらうかもしれない。青山ならほめるだろう。

シャミンスキーのくるまがでたあとしばらくして森本のくるまがやってきた。くるまからでてきたのは森本と工藤青年だけでなく朝井もいっしょだった。

「これ、みやげや」と朝井がいって小さなガラスの容器をふたつテーブルにおいた。うめぼしとしょうがのびん詰めだった。

「これ日本からのものなの?」

「ちがいまっせ。はる子の店で買うてきたんや」

はる子の店はニュージャージーの海岸よりにある戦争花嫁の経営しているよろず屋だった。

「はる子の店か、あそこで買ったらたかいだろう。きょういったの」

「そんなことありませんよ。やすいよ。こないだ、うなぎを買いにいったときついでにこれも買うてきたんや」

「朝井さん、きょうはトリを焼いて食うことになってたんだがだいじょうぶかね。ＴＶディナーでもあったためて食うかね」

「ＴＶディナーかいね。うーん」

「トリのももしかきょうはないんだ。くるまでなにか買ってくるかな。めしとみそ汁はあるけどね」

「めしとみそ汁があったらもうなんにもいりまへん。ここにしょうががありまっさかいね」

朝井はしょうがの容器のふたがあかないのでスプーンでふちをたたいていた。

「けさ郵便局に寄ったら青山さんに会うたわ。プラウダをとりにきてはったんや」

「なんかいってた？　あのひとにはぼくがここに引っ越したことをまだいってないんだよ」

「また、れいの佐藤首相のことをいうてはったわ。あんたらもアメリカ人にようていうとかんと日本人全体が誤解されるいうとったよ」

工藤青年がトリのもも肉をオーブンにいれて火をつけた。

「まっているあいだにこれみといてよ」ポケットからノートをやぶったような紙きれを一枚よこした。それが新聞社に送る投書の下書きだった。わたしはてっとりばやく読もうとしたが正直いってなにが書いてあるのかわからなかった。これがすくなくともふたり以上の人間が共同で書いたものなのか。演説調でなにか書いてあるのだがわたしにはどう読んでいいのかわからない。

「不当なる発言を……、われわれは……、かかる事情をうれい……、対処すべき……、反社会的なる……」ちんぷんかんぷんとはこのことである。

「これ、ＧＣ寮でみなで検討したの？」

「みんなじゃないけど工藤くんが最初の下書きをつくって、それをぼくがみて、そのあと村田くんにみせたんだけど」

「村田くんはなんといった？」

「だいたいこれでいいといっていたけど」

「朝井さんは読んだの？」

「いや、ぼくは読んでいません」

「ちょっと読んでみてよ」わたしは朝井に紙片を渡した。

「まあこんなもんでしょう」朝井はさっと目を通してからいった。これは絶望的だとおもった。わたしは投書なんかにはあまり関心のない朝井が水をさしてくれるだろうとおもっていたのだ。工藤青年の書いたものは、よくある学生のひとりよがりの漢語まじりの演説であった。これはだめだ、最初からぜんぶ書き直さなければしょうがない。わたしは、こんやゆっくり読んでかんがえておくからといって紙片をあずかることにした。いつも文章を書いている青山だったらすぐに書き直してくれるかもしれない。客がひきあげてからわたしは短い文をつくった。青山に参考としてみせるためであった。

「　アメリカでの佐藤首相の発言

このたび佐藤首相がジョンソン大統領との会談のためワシントンを訪問されました。会談の内容は新聞等で報道されたとおりでありましょう。会談後のレセプションの席で首相が米軍によるハノイ北爆を支持するという発言をしたということがニューヨーク・タイムスによって報道されました。このことは非公式のパーティーであったためか日本の新聞にはとりあげられませんでした。この発言にたいする米国内での反響は大きく、プリンストン在住のわれわれ日本人留学生にもアメリカ人から、日本人はみんな北爆に賛成しているのかという質問がよせられています。佐藤首相の発言はかりに非公式の場であったとしても在米日本人の立場を無視した不用意な発言であったといわねばなりません。太平洋戦争のさいにも日本のおおくの知識人は戦争に反対であったでしょうが、なにもいわなかったため、あるいはなにもいえなかったためわれわれはあのような不幸な経験をしました。われわれはここで意見をはっきり述べておきたいとおもいます。佐藤首相と日本政府が独立国である日本の代表として米国の政策にこびることなく、戦争の一日もはやい終結のため日本国民のかんがえを世界につたえる努力をすることを希望します。

プリンストン大学日本人留学生一同」

あくる日、GC寮でこれをみなにみせるとそれでいいということになった。工藤青年の書いたものよりうんとかんたんだが新聞の投書だからこれでいいということだった。そして森本と工藤と村田とで清書し、コピーをつくって日本人留学生と研究者にみせて賛意をえるということになった。

その夜おそくなってから森本が電話をかけてきた。あれからGC寮でなんにんかの日本人に投書をみせたがみなこの趣旨にさんせいだった。ただひとつ、もんだいになったのはさいごのプリンストン大学日本人留学生一同の一同というところだといった。ぼくらはここの日本人全員にあたることはできないし、またできたとしても全員が賛成かどうかわからない。だからあれは留学生一同よりも留学生有志としたほうが公正なのではないかといった。わたしは有志はだめだ、一同でよいといった。わたしはまたまた面白半分の気分だったのである。ひとのめいわくなんか考えてたらなんにもできんのだよ。有志なんてそんなへなちょこないいかたはだめだ、一同でいい。もんくがでたらオレが責任をとる。森本はいつもと違うわたしの口調におどろいたようだったが、わかりましたみんなにそういいますといった。お酒のせいか性懲りもなくわたしはシャミンスキーに手紙をかいたときのような気分になっていたのである。

投書さわぎの反響は日本人よりもまずアメリカ人のあいだで現れはじめた。たぶん工藤青年と森本がしゃべったせいかケミストリーの教授連中のあいだで話題になった。それに、予期していなかったことだが村田が投書の内容を英訳して教職員のあいだをくばってあるいたのである。かれらはすでにニューヨーク・タイムスの記事を読んでいたからわれわれのやりかたにおおむね好意的だった。クンツやアルバーツがじぶんたちもそういう行動をおこすべきだ、これ以上学生が戦争にとられることについてはじぶんたちにも責任がある、ニューヨーク・タイムスに意見を送ろうといいはじめたときいた。ボルスキーがきみたちは反戦のオピニオンを新聞に書いたそうだがそれは立派なことだ。この国にきている留学生がはっきり意見をいうのはたいせつなことだ。わたしはあなたがたのことを誇りにおもうといった。まだ書いたわけではない、そんなことをはじめようとしただけだとわたしはいった。そしてボルスキーが北爆に賛成だといった田代教授のことをおもいだした。田代先生はいいかげんなでまかせをわたしにいったのだろうか。それとも田代教授が在米中だった二年前より事態が深刻化しボルスキーたちも反戦派に回ったのだろうか。

よく晴れた冬のある日、キャンパス内ではじめての学生による反戦集会がもたれた。わたしは青山にさそわれて見物にでかけた。それはわたしが日本の大学でよくみた学生の集会とはまるでちがったものだった。ダレス記念図書館のまえの芝生には四、五十人の学生が寒さにふるえてすわっていた。はちまきもプラカードも怒号もなかった。ひとりのやせた学生がまえに立ってすわっている学生になにやらかたりかけているようだった。見物人もまばらだった。これは反戦集会というより相談会みたいだとわたしは青山にいった。学生は全員男であった。プリンストンは当時まだ男子大学だったのだ。もうひとりの学生が立ち上がりしゃべりはじめたが調子はおなじだった。わたしはこの寒さのなかで見物していてもはじまらないとおもった。青山とわたしはカフェテリアで熱いコーヒーをすすった。

「これがプリンストン大学はじまっていらいの反戦集会なんですよ」

「お通夜みたいな集会だったなあ」

「あれでも大学当局にとっては大事件なんですよ」青山は学内の事情にくわしかった。「反戦集会が学内でもたれるとしったとき総長のゴヒーンは天をあおいで嘆いたそうですよ。コロンビアでおきるならそれは当然だ、ハーバードでおきてもふしぎじゃない。しかし、プリンストンでこういうことがおきるとは」

ニューヨーク市のコロンビア大学では建物が学生によって占拠されもう一年ちかくも大学が封鎖されていた。

「プリンストンで学生が集まると総長はそんなにこまりますか」

「当然ですよ、西河原さん」青山はわたしの無知かげんにあきれたような顔をした。「もうすでに南部の大金持ちのパトロンからは大学への寄付を中止するという通告がきているそうですよ」

「総長もむつかしいたちばというわけか」

「そうですよ。ロバート・ゴヒーンはもともとギリシャ古典学の学者なんだけど総長の第一の任務は金をあつめることですからねえ」

「総長はかならずしも好戦派というわけではないわけだ」

「戦争好きの総長なんていませんよ。しかし、ひとにはそれぞれ立場というものがありますからねえ」

「ぼくらの学部ではボルスキーもクンツもアルバーツもみんな反戦でなにかやらなくちゃいかんといっているようですよ」

「あんな連中はアシスタント・プロフェッサーだからなにをいってもいいんですよ、まだ小物なんだから。学部長や総長となるとそうはいきませんよ、それだけ影響もおおきいわけだから」

そこで青山は座りなおし口調をかえた。

「西河原さん、工藤くんたちと投書の準備をしておられるでしょう」

かれはいつものように工藤青年といわず工藤くんとよんだ。

「……」

「ぼくは、あれはあまりいい方法じゃないとおもうんですよ」

「というと？」

「投書というのはぼくはあまり好かんのですよ」

「投書はいけませんか」

「いけないというわけじゃないけど、投書というのはそんなに効果のあるものじゃないですよ」

「効果というと？」

「つまり投書で世論がかわったりすることはきたいできないということですよ」

「まさかぼくらの投書で世論がかわったり日本政府の態度がかわるなんてだれもおもっていませんよ」

「それじゃあなんの効果もないのに投書するわけですか」

「効果といわれるとこまるけど、日本の首相のいったこととわれわれのかんがえていることは違う、それをはっきりさせておこうというだけです。青山さんはいぜんに、われわれにもなにかやること、サムシングがあるはずだといったじゃないですか」

「ぼくはもっとほかに方法があるとおもう」

「たとえば」

「たとえば、それについて論文をかくとか」

「論文？　政治論文なんかふつうのひとはよみませんよ。げんにアメリカ人の学生だってニューヨーク・タイムスの記事をよんでぼくらに疑問をもってきているんだから。こんなこと論文にかくような大げさなことじゃないですよ」

「いや、なにも論文をかくのがいいといっているわけじゃあない。たとえば、たとえばといったんですよ」

「ほかになんかやりかたがありますか」

「セミナーでディスカッションすることだってできるでしょう」

「そういうことにぼくははんたいじゃないんですよ。それはそれでけっこうなんです。ただ、さっきもいったように日本を代表する立場のひとがこの件にかんしてはぼくらの考えを代表していない。そしてそのことが日本の新聞にはとりあげられなかったために日本にいるひとたちは首相がアメリカで発言したことをしらない。それを投書というかんたんなやりかたで一言はっきりいっておこうというだけですよ」

「ぼくだって首相のいったことは軽率だしけしからんとおもっていますよ。だけどそれに抗議するにはもっとほかに方法があるとおもうんだ」青山はおなじ論旨をくりかえした。「その方法をかんがえていこうじゃないですか。西河原さんもかんがえてくださいよ」

わたしはかんがえることには反対でない、しかし投書をやめるつもりはないといった。青山はなっとくしなかった。わたしはうんざりしてこれ以上議論をつづける気がしなくなった。わたしは実験室にもどるといった。青山は別れぎわに、明晩夕ごはんにきませんかといった。このはなしのつづきをやろうというわけじゃあないんですよ、女房も期待していますからといった。それならあしたおじゃましますとわたしはいった。シャミンスキーから九十五ドルを取りかえしたいきさつをきかせてやろうとおもったのである。それは青山好みの話のはずだ。

いつものように夜になるとわたしは実験室からちょくせつGC寮にいった。居心地のよいアパートに移ってからも三日に一度はGC寮の食堂で夕食をとる習慣をつづけていたのである。食堂の入口でなかから出てくるウィルキンスに出会った。ウィルキンスはいっしょにいたサイモンという友人とそのガール・フレンドをわたしに紹介した。ふたりともイギリス人だった。

「ぼくらもとうしょしました」

「投書?」

「そう、ワシントン・ポストに」

「もうだしちゃったの?」

「もう送っちゃったよ、きょう」

「はやいね。ぼくらはまだまだだよ」

「イギリス人は三人しかいないからね、ニホン人とちがって。だけど内容はきみたちのとだいたいおんなじだ」

「イギリス人はなんでもやることがはやいのかな」

「いや、イギリス人は世界一スローなんです。ぼくは半分スコッティシュなんだね」

ウィルキンスはニホン人のきみたちがこんなことをはじめなかったらきっとぼくたちも新聞に投稿なんかしなかっただろう、ぼくらはきみたちにインスパイヤーされたんだといった。われわれは日本語ではなしていたのであとのふたりはがまんしてまっているようだった。

「これからキングストンまでピッツザをたべにいくんだがいっしょにいかない?」ときいた。

「いきたいけど、ぼくらも投書の件をはやくかたづけなければいけないから」とわたしは断った。

食堂にはいりわたしは横田と関口が食事をしているテーブルのほうにいった。関口はいすを押して席をひとつつくってくれた。横田はひとなつこい童顔でわたしを迎えた。

「西河原さん投書を送る準備はもうおわったんですか」と関口がいった。

「さあどうだろう。日本人は全部で大学に三十人以上いるらしいから全員にみせて同意をえるとなるとまだちょっとじかんがかかるんじゃないかね。森本くんと工藤青年と村田くんとでいまみんなのところを回っているところだよ。ぼくは寮にいるひとがいはほとんどしらないからな。あなたがたはもうみたんでしょう」

ふたりとも見たというしるしにうなずいてみせた。そしてふたりはさきほどからつづけていたらしい日米の為替レートのはなしを再開した。

「一ドル三百六十円というのはむちゃなんでしょう」とわたしは口をいれた。

「三百六十円はちょっとねえ。日本人がアメリカにでてくるのはたいへんだなあ」

「一ドル百円の値打ちだと青山さんがいっていましたよ。百円にしてしまえばいいんですよ」

「一ドル百円になったら日本の経済はやっていけませんよ」

横田がわたしのほうをむいていった。なぜ日本の経済がやっていけないのかわたしにはまるでわからなかった。どういうことになるんですかとわたしがきくと横田はなにやら例をあげてせつめいしたがわたしにはそれがまた別世界のはなしのようだった。関口はエンジニアリングの学生だが横田のいうことがわかるらしく、そうだそうだと同意していた。横田はさらに金利や税金のはなしをつづけた。わたしはこんなに熱心にこういうはなしをする横田をいままでみたことがなかった。どうやらそういうテーマで政治学の論文を書いているらしかった。それで四六時中考えているることが口をついてでるのであろう。ただ、横田のはなしのなかに「国民のみなさま」という表現がしょっちゅうでてきてそのたびに彼がわたしの顔をみるのが気になった。国民のみなさまとはおれのことか。じぶんのことは国民のひとりだとはおもっていないみたいである。二十五才の青年の発想としてはしょうしょうもんだいがあるようにおもえた。これが優秀な官僚の体質というものなのだろうか。

横田はひとりでしゃべりすぎたとおもったのかわたしのほうをむいていった。「西河原さんこんどのアパートはすごくいいそうですね。工藤青年がそういっていましたよ」

「アパートはいいよ。場所もいいし。家具なんかほとんどまだないけど」

「なかなかいいですよ、横田さんもいってみたら」と関口がいった。

「関口さんはもう何度かきたけど、横田さんもきてください」

「ええ、ぜひ。関口さんといっしょにうかがいますよ、ぼくはくるまがないから」

森本も村田も工藤青年もその夜はすがたをあらわさなかった。わたしは食堂をでて帰ろうとした。アパートには熱湯がでるから朝井のところでシャワーにはいる必要はもうなかったのである。わたしがGC寮の中庭を駐車場にむかってあるいていると、だれかが急ぎ足でおいかけてきた。関口だった。

「西河原さん、ちょっときいてほしいことがあるんだけどいいですか」

「いいよ、なんだかしらないけど。ここでいいの？」

「よかったらぼくの部屋にきてくれないかしら。ほんの数分でいいから」

わたしたちは寮にひきかえした。

「西河原さん、れいの投書の件なんですがね。横田さんがあれでだいぶ弱っているんですよ」

「どういうことなの」

「横田さんは大蔵省から外務省に出向していてそこからプリンストンに派遣されているんですね」

「そうきいているけど」

「そこなんですよ。政府の役人がその長の発言に抗議するというのはまずいらしいですよ」

「投書しちゃいかんということですか」

「うーん、困ったなあ。横田さんもね、あの投書にかかれていることはもっともだといっているんですよ。しかしああいう挙にでると省内でまずいことになる。へたをすると制裁をうけることになるかもしれないらしい」

「セイサイ？　じぶんのおもっていることをいったら処罰されるのかね」

「西河原さんわかってくださいよ。ぼくは横田さんの友人としていっているので、横田さんからたのまれていっているんじゃないんです。あのひとは道理をわきまえているひとだから他人の言論活動によこやりをいれようなどとはおもっていません。それどころかあの投書の趣旨も正しいとおもっているわけですよ。だから本人はなにもいわない。ぼくは彼の友人としてみすみす彼にめいわくがかかってくるようなことになるのをだまって見ていられないというわけですよ」

「横田さんはプリンストンに学問としての政治学をべんきょうにきたわけでしょう。そしてあの投書に書かれている内容を正しいと評価しているんでしょう。それだったら意見をひっこめるというのは学問をやる態度としてはおかしいことになるんじゃないの」

「西河原さん、そんなに正論でやってこないでよ。正論がこんなさいは強いことはわかっているんだ。たのみますよ。そりゃぼくだってこの投書で戦争がおわるというんなら横田さん個人が傷ついたって断固やりますよ。そうじゃなくてこのたびの投書ははっきりいえば戦争にはなんの影響もない、ただひとがめいわくするだけの結果になりかねない……」

「つまり、役人がめいわくするから投書はやめろということか」

「西河原さん、そんなにいじめないでよ。降参するから。あの投書には日本人留学生一同と書かれているでしょう。投書をとりやめにするのはいまとなってはむりだとしてもあの一同をけずってくれないかしら。じつは、けさ工藤青年にちょっといってみたんだけど一蹴されちゃったんですよ」

「プリンストン大学留学生となっていれば一同じゃないから横田の知らないうちにだれかがかってに投書したのでじぶんは知らなかったとしらがきれるというわけか」

「そんなにはっきりいわなくたって。でもまあそんなようなわけですよ。有志とかえてくれてもいいし」

「有志なんてそんな嫌みないいかたはおれはきらいだよ」

「わかった、わかった。じゃあ、一同だけははずしてくれますね」

「かんがえとくよ。ぼくが投書をとりしきっているわけじゃないからね。ほかの連中にもきいてみなくちゃ」

「ありがとう。かんしゃしますよ、西河原さん。工藤青年だって森本さんだって年長の西河原さんのいうことならきききますよ」

「きみとぼくは同じ年代じゃないか」

「いやあ、ぼくのいうことはきいてくれないんだなあ。とにかくありがとう、西河原さん」

関口もひとのために卑屈になってかわいそうなもんだ。しかしこれでこんどの面白半分も効果があがってきたのがはっきりしてきたというものだ。わたしはしめたとおもった。


つぎの日の夕がた約束どおりわたしは青山の家にいった。夫人がでてきて、おひさしぶりですねおまちしておりましたといった。

「いいところに引っ越されたそうでほんとによかったわ」

「メモをどうもありがとうございました。ボルスキーがタイミングよく手配してくれたので助かりましたよ」

「わたしもあの中国人たちからいやなことをきかなくてすむから助かります。ごぞんじ？　西河原さんの出られたあとじぶんたちの友だちをつれてきてあの部屋にいれたんですよ」

友だちをいれるためにあんな工作をしてわたしを追いだそうとしたのかとわたしは彼らのやりくちをおもいだすとおかしくなった。

かんたんな夕食をごちそうになって中国人のへたなやりくちを笑っているところまではよかったのである。青山が食事がおわるのをまっていたようにいった。

「あの投書のことですがねえ」

やっぱりきたかとわたしはおもった。そして、はやいとこ切り上げて逃げようとみがまえた。

「投書というのはやはりあまり感心した手段だとはおもえませんねえ」

「そうですか」

「そうですよ。西河原さんどうしてもあれを実行されるつもりですか」

現時点ではそのつもりであるとわたしはこたえた。

「現時点ではということはこれから変わるかもしれないということですか」

「それはわかりません。まだ送付していませんから」

「いつ送られるよていなんですか」

「あと数日、三十人ちかくの大学関係者にみせてみなが同意したら、同意しなくてもあえて反対しないようなら今週中にも送りたいとおもっています」

「どの新聞に送られるんですか」

「のせてくれるならどの新聞でもいいんですが、ここの図書館には朝日しかないんでね」

「朝日ですか。それでみんな賛成しているんですか」

「賛成と、どうでもいいすきなようにやってくれというのと半々ですね。動物心理学のハマサキ先生のような二世のひとにまで村田くんがみせたらしいんですよ。げんみつにいえばあの先生はアメリカ人なんだけど、あのひとはせっきょくてきにさんせいされているようです。わかい学生はたいていさんせい。えらい先生がた、たとえば岡田先生とか島尾先生とかもまあはんたいじゃなかったみたいです。ひとりだけはんたいというか、はんたいじゃないけどやってもらうと困るとおもっているひとが大蔵省の横田さんです。横田さんが困ることになるというのは本人の口からでたのではなくほかのひとが横田さんのことを心配していったのです」

「ぼくははんたいです」

「どうしてですか」

「投書なんて幼稚ですよ。教育のあるにんげんのやることじゃない。こどもじみていますよ」

「そうかもしれないけど、あそこに書いてあることについてはどうおもわれますか」

「書いてあることをもんだいにしているのじゃない。手段をもんだいにしているんです」

「じゃあ、書かれている内容にははんたいされていないわけですね」

「西河原さん、ぼくはなんどもいっているじゃありませんか、きのうから。趣旨はけっこうだといっているんだ。北爆にはぼくだって大はんたいだからそれははっきりいわなくてはいかんとぼくがいっているのは西河原さんだってごぞんじじゃないですか」

「それじゃあ、はんたいはひとりもいないということだ」

「西河原さん、そんなこどもじみたことはいいかげんにやめたらどうですか」

青山はいらだってけんかごしになってきた。

「西河原せんせい、青山のいいたいのはもっと適当な手段と適当な時期をえらんでやればもっと効果があるということだとおもいます」青山夫人が割ってはいった。

「いっておられることがぼくにはよくわかりません」

「つまりですね、青山が世間にみとめられる社会学者となってから発言したほうがいいということだとおもいます」

青山はうなずいたようであった。意見をいうのに青山の出世のあかつきまでまてということか。

「西河原さんだって教授になってから発言されたほうがひとがもっと西河原さんのいうことをききますよ」

きのう総長や学部長は立場があるからいいたいこともいえないといったのは青山ではないか。

「わかりました」とわたしはいった。

「それじゃあ考えなおしてくれますか」

「青山さんの考えがわかったといったのです。投書をやめるつもりはありません」

関口の卑屈なたのみかたのほうがまだましだ。わたしは退散することにした。青山は怒ったようなめつきでわたしをみていた。わたしはもっとじょうずに逃げられなかったことを後悔し、後味のわるい気分のまま家にかえった。


スコッチをのんで寝ようとしたところへ森本から電話があった。ほとんどの日本人のオーケーをとりつけたから投書はあすにも送付できるという報告だった。わたしのほうはきのうもきょうも抵抗があって弱ったこと、どういう会話があったかということをはなすと、森本は西河原さんだいじょうぶですかと声をおとしていった。だいじょうぶかって？　そんなに青山さんから猛反対されたんじゃ強行するのはむりかなあ。あしたぼくと工藤青年と村田くんと西河原さんとでどこかで対策をこうじませんかと森本がいった。そんなひつようはないとわたしはいった。そして朝日、毎日、読売のあて先はしらべてあるかときくと森本はニューヨークの友人にたのんでぜんぶしらべたといった。あしたは夕方まで実験がいそがしいから研究室からはでられない、だから投書はあさって書留速達で郵送することにしよう、はなしがあったら研究室にきてくれといった。森本は関口のいうように「一同」ははずしますかときいた。そんなひつようはない、計画を変更する気持は一切ないとわたしは答えた。

わたしはねむってからうなされた。夢をみたのである。夢のなかで青山夫妻と工藤青年とわたしはカーネギー湖の草の生い茂ったほとりを歩いていた。青山が工藤くんもいれてもういちど話したいといったからである。青山が工藤青年にこどもじみた投書なんかやめろとせまった。工藤青年がせせら笑ってやめないというと青山がいきなり工藤青年にとびかかりふたりの格闘となった。すると、おどろいたことに痩せた工藤が小太りの青山のからだをつかむと湖のなかになげこんでしまったのである。ぼしゃーんという水音と同時にしぶきが空中にまいあがり青山夫人のきーという悲鳴があたりにこだまし、わたしは快感に酔いしれてしまった。そこで目がさめた。まだ一時間もねていなかった。わたしはスコッチをのみなおすことになった。

あくる日はいちにち研究室にいたが同じ階にいるはずの森本はたずねてこなかった。ボルスキーとトムとわたしの三人で仕上げるよていだった長丁場の実験は夕方になって失敗してしまった。実験は中一日おいてもういちどやり直すということにきまった。わたしはつかれてアパートに戻った。

木立の中にある駐車場にくるまを止めてアパートのほうに歩きはじめたとき突然赤いワンピースを着た女が目のまえに現れた。それがミセス・ホーキンスだったのでわたしはびっくりした。ちょっとまえにきたけどドアがしまっていたのでくるまの中でしばらく待っていたと彼女はいった。家にはいると彼女はごはんをたくさんつくったからもってきたといいながら、スープとサラダとチーズのはいったぐにゃぐにゃした煮物のようなものを手さげかごの中からとりだした。わたしはうまくなさそうだとおもったがうれしかった。夫人はスープや煮物の温めかたを講釈したがわたしは上の空だった。彼女のそばかすのおおい胸や乳房の重みが手にとるように感じられたのだ。夫人はこのビルにはハズバンドの知り合いがたくさんいるからすぐ帰るといった。ぼくが出たあと中国人があの部屋にはいったそうだねというと、そう、なかまどうしで住んでくれたほうがめんどうがなくていいといって笑った。わたしもいっしょに笑った。そして彼女のまっ赤な口紅と白い歯をみているとやはりきれいだとおもった。

ミセス・ホーキンスがアパートを出てくるまのほうに歩いているとき青山のくるまが到着した。青山は電話をかけずにいきなりやってきたのだ。まずいときにまずいやつがきたなとわたしはおもった。青山はまっすぐくるまにむかって歩いていく夫人のうしろすがたをじっとみていた。赤いムスタングが木立の背後にみえなくなるとわたしのほうをふりむいて「西河原さんあのひとをしっているんですか」といった。

「あれはマディソン・ストリートの下宿の大家さんなんです。いまごはんをとどけにきてくれたんです」といったとたんにごはんのことなんかいう必要はなかったと気づいた。

青山は案の定みょうな顔をした。

「西河原さんはこのアパートにこられてもうだいぶたつんでしょう。まだ大家が食事をはこんでくるんですか」

まだといわれても、ごはんをとどけてくれたのはミセス・ホーキンスのきまぐれで、彼女の下宿にいたときだっていちどもそんなことはしてもらったことはなかったのだ。

「西河原さんあのひとがだれだかごぞんじなのですか」

もちろんごぞんじだ。あのひとはまえの下宿の大家であり、またわたしが大好きなひとでもある。わたしがマスターベーションをやるときはあのひとのことをかんがえながらやるような、そういうひとなのだ。

しかしわたしはだまったままだった。

「あのひとは統計社会学のホーキンス教授の奥さんなんですよ。もっとも別居していて事実上は離婚しているんですけどね。西河原さんはまさかあの女性とそういう関係があるんじゃないでしょうね」

おおきなおせわだ。そうおもったもののわたしはすっかりろうばいしていた。そんなわたしをみて青山はわたしがミセス・ホーキンスと醜関係をむすんでいると確信してしまったらしい。

「あのひとには大学生の娘がふたりいるんですよ」青山はなじるような調子でいった。

「それがどうしたんですか」

「それにあのひとのご主人、法的にご主人であるひとは社会学の教授なんですよ」

青山のいっていることにはまるで脈絡がなかったが、この調子ではミセス・ホーキンスにまで説教をしかねないいきおいだ。わたしがだまっているのをみると青山は顔に笑いをうかべていった。

「西河原さん。あなたは英語はちゃんとはなせなくてもそういうことはちゃんとできるんだ。そういうひとは外国にいてもりっぱにやっていけますよ」

われわれはドアのまえの通路に立ったままだった。わたしはすっかり落ち着きをとりもどしていた。

「青山さん。あなたはほかになにかいいたいことがあっていらっしゃったんでしょう」

「ウィルキンスたちの投書もワシントン・ポストは取り上げなかったそうじゃないですか」

「そうですか。それはしりませんでした」

「西河原さんたちの投書は新聞社が取り上げてくれるんですか」

「それは編集者の意向できまることですからわたしにはわかりません」

「これだけ空騒ぎをやって新聞が取り上げてくれなくてもいいんですか」

「採用するかどうかは新聞社がきめることです」

「それではこの投書をやめる意志はないということですね」

「その通りです。やめる意志はありません」

「いつ送付されるんですか」

「あしたの予定です」

「もうひとつききますが、プリンストン大学日本人留学生一同という箇所も変えるつもりはないんですか」

「変えるつもりはありません」

「それはおかしい。げんにわたしがここで投書にはんたいしているんですよ。一同というのはまちがいじゃないか」

「まちがいじゃない。あなたは留学生じゃないから一同のなかにはいらん」

「わたしが留学生じゃない？　わたしが大学院学生として登録されていることはあなただって名簿でみてしっているじゃないか」

「いくら登録されていたってあなたは留学生じゃない。あなたは日本の政府の役人だ。首相の一味だ」

おれは政府の役人であってりゅうがくせいではない？　青山は口のなかでぶつぶついっていたがきゅうにわっはっはとわらいだした。

「そうか。西河原さん、あなたもたいしたもんだねえ。ぼくが留学生でなく政府の役人だなんて。投書は学生たちがかってにやっていることでおれたちにはかかわりあいのないことだったのか」

「そうおもいたければおもったらいい」とわたしはいった。

青山がくるまのほうに歩きはじめたのでわたしもついていった。わかれぎわにかれはひとことといった。

「こんなこどもじみたことははやくやめなさいというのがわたしの変わらぬ忠告です。わたしも忠告をひっこめるつもりはありませんからね」

あくる日工藤青年が清書した投書を郵便局から毎日新聞に速達で送った。二週間たっても反応がなければべつの新聞社に送ることにきめたのだった。

投書を郵送してしまってからはだれもそのはなしはしなかった。まるで投書のことはわすれてしまったみたいだった。わたしの生活の習慣もまえとおなじであった。わたしはあいかわらずGC寮に三日にいちどくらいのわりで通った。そして食事のまえかあとでテレビのニュースをみて食後に玉を突いた。プリンストンの学生の反戦運動はたかまりもしなかったが消えもしなかった。リチャードが正午から三日間徴兵反対のハンストにはいるという朝、かれをはげますためにすきなものをたべにレストランにつれていくことにした。リチャードはパンケーキがたべたいといった。わたしはリチャードを朝っぱらからナッソー・ストリートのパンケーキ屋につれていってすきなだけたべろといったがパンケーキは二人前もくえるものではなかった。パンケーキをたべおわってコーヒーをのんでいるときリチャードがポケットから半分つぶれたたばこの箱をとりだした。ふたりで一本ずつすおうとリチャードがいった。それはリチャードが台湾からの帰りにインドネシアでかってきたたばこだった。おれは日本を出るまえに禁煙をはじめて十三か月になるところだからたばこはすわないとわたしはいった。リチャードはおれも禁煙しているがインドネシアのだけは例外ということにして一本ずつすおうじゃないかといった。われわれはインドネシア産の手芸品のようなたばこに火をつけてすった。たばこは乾ききっていてからいだけだった。ながい禁煙のあとのせいで一服すっただけであたまがくらくらしはきそうな気分になってきた。リチャードもみょうなかおをしていた。わたしはそのひ一日半病人のようだったがあくる日からたばこ屋にかけつけもとのヘビー・スモーカーにもどってしまった。リチャードはそんなことはなかったらしい。リチャードとはワシントン・ストリートの階段のところで手をにぎりあってわかれた。たった三日のハンストだったがその場所までいってリチャードが座り込むのをみるのはたいたしいとおもったのだ。リチャードはアメリカの民主主義を信奉している青年であった。だから二年間も台湾に教育活動にいったのだ。わたしはアメリカの民主主義なんて小学生の修身みたいなもんだとおもっていた。イギリス人のウィルキンスもおなじだった。かれはアメリカ人がきらいだ。だから百パーセントアメリカ人であるリチャードのこともばかにしているのだ。リチャードのきらいなウィルキンスはリチャードがハンストにはいると陣中みまいにいったそうである。

二日後、工藤青年とはじめてすれちがった図書館のちかくの階段のところで黒いネクタイをしめたウィルキンスにあった。どうして黒いネクタイをしているのかときくと、父親のおもいでのためにと答えた。父親がどうかしたのかというと父親が死んだのだといった。だれかが知らせてきたのかというとだれも知らせてこないが新聞でみて知ったのだといった。父親はミステリーを書く三文作家だったが戦時中にドイツのためにスパイ活動をやったため戦後イギリスから永久追放されアテネで暮らしていたのだといった。きみはいっしょにいかなかったのかときくと、じぶんと絵描きの母親はロンドンをはなれて母親の故郷であるスコットランドの貧しい漁村に移り住んだのだといった。われわれはあるきながら話した。彼は後年ケンブリッジに奨学金をもらって入るまでひどい貧乏をしたといった。いつも汚いなりをしていたが村のひとたちはもっと貧乏で、じぶんがその村ではじめての大学出になったといった。ウィルキンスのシニカルな性格が父親の不名誉なふるまい、それによる家族の離散と貧困に起因していることはあきらかだとしても、東洋人の女ばかり追いかけるのはどういうところからきているのだろう。ウィルキンスはリチャードはオーケーだったといった。そしてハンストがおわったら三人でいちど飲み食いしようといった。

二週間ばかりしてわれわれの投書が毎日新聞にのったというニュースが日本人のあいだにながれた。それと同時に大蔵省の上官からさっそく横田に国際電話がはいり、プリンストン日本人留学生一同とはなにごとか、おまえまでもがそんなことをやっておるのかと叱られたというはなしが村田をつうじてひろまった。けねんしたとおり横田にじかにめいわくがかかったらしいというのでいやなふんいきになる予感があった。ゆうがたになってGC寮の食堂にいってみると、いつもより時間がはやかったせいかいつもの食事仲間のテーブルには空席がなかった。アメリカ人だけが座っている六人用の円卓に一席あいたいすがあったのでわたしはそこで食事をはじめた。そのとき横田が入口に現れつかつかとわたしの席に近づくと単刀直入にいった。

「西河原さん、あんなことをされたんで上司から叱りの電話をもらいました」

それで？　といおうとしたが口の中の食物が上あごにくっついて声がうまくでなかったので皿から目をはなさず食事をつづけていると横田がかなりはげしい口調でいった。

「こんどからあんなばかなことはやめてください」

「はあ」とわたしが力なくこたえるとかれは来たときとおなじ歩調で入口のほうへあるき去った。

横田のような秀才でしかも思慮深い男だから、一同でもないのに「日本人留学生一同」と書いたことを理屈でせめるようなことはせずに、ただああいう愚行を今後はよせといましめたつもりであろうか。わたしは口では「はあ」といったが、はじめから一悶着おこしてやろうという下心でやったんだぞと腹のなかでつぶやいていた。これでシャミンスキーのときの失点をとりかえしてやった、ざまーみろだとおもった。

食堂からでていった横田のけわしい表情をみて森本と工藤青年がやってきた。

「横田さんなんかいったんだろう」

「いった」

「なんていったの」

「あんなばかなことは今後するなといった」

「ばかなこと？　戦争に反対するのが大蔵省ではばかなことなのかい」と工藤青年がいった。

「これはかえっておもしろいじゃないか」森本がいった。「日本人留学生一同と書いたがあれはあやまりであった。政府の役人のひとたちは北爆に反対じゃなかったから訂正文を出してくれと毎日新聞に手紙をだそうよ」

「もうよせよせ。きみたちはしつこいなあ」と村田がいった。村田もきていたのだ。

「おれはもういい」とわたしはいった。わるふざけはこのくらいにしておこうというきもちだった。

戦争の影響はだんだん深刻になってきていた。大学院生は寄るとさわるとどうやって徴兵を逃れるかという話をくりかえしていた。関口や鈴村のいるフォレスタル・キャンパスのほうは軍事産業からの支援で活気があったがオールド・キャンパスの基礎研究部門は将来の方針がたたないような事態になっていた。いちばん深刻だったのはまだテニュー（終身在職権）のない若手の助教授たちだった。ジャック・フレスコ、ブルース・アルバーツ、ロナルド・ボルスキーの三人はだれが来年プリンストンで生きのこる一人になるのか、のこれなかったらどこへいくのかたがいに探りをいれあっていた。春になってボルスキーはアメリカを逃げ出すことに決めた。状況が好転するまでパリのパスツール研究所で酵母の遺伝を研究することにしたといった。五月にボルスキー一家はパリに出立した。わたしも夏にはプリンストンを去ることにした。こうしてボルスキーの研究室は消滅した。荷物いっさいを六十一年型のフォードにつみこんでプリンストンを出たとき国道一号線からGC寮の塔の背後に真っ赤な夕日が沈んでいくのがみえた。わたしはくるまをハイウェーのわきにとめて塔の写真をとった。それはわたしがプリンストンにきてはじめてとった写真だった。

＊　＊　＊　＊

ボルスキーのあとパリにいったわたしがふたたびアメリカにもどってきて半年後にベトナム戦争は終わった。北爆を支持した佐藤首相はノーベル平和賞を受賞し長髪の文化人になって死んだ。わたしと青山や横田とのわだかまりももちろんとうのむかしに解消していた。建築会社の部長になった朝井にあったら「西河原はん、かんがえてみたらあのころがわしらの第二の青春やったようなきがするなあ」といった。関口は米国市民権をとりアメリカ航空宇宙局の研究部長になった。工藤青年はネブラスカ大学の生物物理学教授になった。アメリカに居残ったのは関口と工藤青年とわたしの三人ということになる。青山は帰国すると計画どおり総理府の役人をやめ私立大学の教授になり学生部長をかねた。わたしよりまえにパリから帰国したボルスキーはいまテキサス大学ダラスの生化学部長である。ジャック・フレスコはプリンストンの学部長になった。ブルース・アルバーツはカリフォルニア大学サンフランシスコ校の教授だったが雑誌の記事によるとごく最近米国科学アカデミーの総裁になったそうである。ウィルキンスはＥＵ（欧州連合）の幹部職員になった。花のようなスージー・ホーキンスは存命なら八十才を越しているはずである。いまもきれいなままでおばあさんになっているのだろうか。新聞でみると青山は自民党から分裂した新しい党から国会議員に立候補し、その区の最高得票で当選して衆議院議員になった。そして次期大臣の有力候補だそうである。青山ももう上役なんかにきがねしないで自由に思ったことを発言できる立場にあるとわたしは心のなかで祝福した。

わたしは今年もウールワースで日記帳を買った。

（注）ウールワース＝一八七九年フランク・ウールワースによって五セント、十セント・ストアとしてペンシルバニア州ランカスターで創立された。一九一二年、数百に増加した店舗を統合してウールワース社となる。一九一三年五十八階のウールワース・ビルが造られ、一九三〇年まで世界一高いビルだった。一九九七年倒産、全店閉鎖。

えい、逃げてしまえ

死其の一　使者

達夫は銀閣寺の電停から天王町にある叔父の家に向かって広い大通りをゆっくり歩いていた。父が死にそうだということを叔父の一家に知らせに行くためだった。その役を達夫は自分で買って出たのだ。大通りは路面電車の線路が敷設される予定で戦前からアスファルトの舗装は終わっていたが、かんじんの線路敷設工事は完成直前で戦争がはげしくなり中断したまま放置されていた。昭和二十三年の春、達夫が小学校を卒業する直前のことだった。三月はじめの空はどんよりと曇り、風はまだ冷たく、人の姿はまばらだった。浄土寺郵便局の前を通りすぎると達夫はますます歩調をゆるめた。

父は今度こそほんとうに死にかけているのだ。達夫はつい今しがたまで父の枕元に座っていたのだ。父はもう二年半も半身不随でぶらぶらしていた。左の腕が曲がったままで食事の際口の左端から飯粒がこぼれ出すことがしばしばあった。

　達夫の父は内務省から京都府庁に転職した都市計画の専門家だった。父は達夫が小さいころ達夫のことを異常に可愛がったそうである。五十になってから初めて得た男児を毎日乳母車に乗せて当時住んでいた粟田口から平安神宮のあたりまで連れて歩いたと達夫は聞かされている。しかし達夫は気難しい父が好きでなかった。小学校にはいったころ生涯に一度だけ父は達夫を岡崎の動物園に連れていったことがある。動物園を出たあと父と達夫は向かいの岡崎競技場に寄った。のどが渇いたが水がなかったので競技場で屋台の水飴を買って飲むためである。水飴屋は背の高い三角形のグラスに水飴をなみなみと注いだ。それはたしか五銭だった。父が金を払うと水飴屋は水飴のはいったグラスを達夫にくれた。達夫がなめてみると冷たい水飴は渇いた喉にはこの世のものとも思えない甘美な味だった。そのとき父が顔をしかめたのを達夫は見た。父にとって屋台の水飴のごとき不潔なものは我慢のできない存在だったのだ。

「まずいだろう」と父は一言いった。

「うん」

　達夫は父の威厳に恐れをなして同意した。

　父は達夫から水飴のグラスを受け取ると一なめして「まずい」と小声でいいグラスを屋台の隅に置いた。父と達夫はそのまますたすたと家路についた。達夫は黙って父にしたがって歩いたが極めて不満だった。まずいとはじめからわかっているならなぜ達夫をわざわざ屋台に連れていったのか。父は水飴屋が水飴を汚いグラスに注ぐのを見てはじめて不潔と気づいたのだろうか。

こういう経験はまだいくつもあった。父は息子に暴力をふるうようなことはまったくなかった。ただ威厳があって怖く、父のいうことに反対するなんて思いもよらぬことだった。暴力といえば、ただ一度達夫は父にひっぱたかれたことがある。達夫の家にはいつも女中さんがひとりかふたりいた。幼稚園に入る前、たぶん小児麻痺に感染したのだろう、脚の悪い女中さんがいたことがある。ある日台所に通じる廊下を達夫はその女中さんのあとを彼女の歩き方をまねてびっこを引きながら歩いていた。そのとき、突然居間の障子があき父がものすごい形相で現れ、達夫の首筋をつかんで居間にひきずりこんだ。そして、達夫を思いきりひっぱたいたのである。それが父に手をあげられた唯一の経験である。そのあと、達夫は両親が女中さんの前に両手をついて謝罪している光景を見た。その女中さんと達夫は仲がよく、事件のあとも女中さんは達夫にやさしかった。

しかし、達夫は父のことがいつも嫌いだったわけではない。父と母と達夫の三人で近くの山にピクニックに出かけたことがあった。父は最初の卒中をおこしたあとで半身が不自由だった。それは秋で栗の採れる季節であり、達夫はめったになかった一家の外出で上機嫌になり、茂みを駆けめぐりいが栗を拾ったり木に登って栗の枝を折ったり、また持参したノミで栗のいがを剥いたりし、それをいちいちはしゃいで父に見せた。父もピクニックを楽しんでいるようだった。帰り道達夫はそっと母にいった。

「ぼくお父ちゃんが好きになった」

「そりゃ親子だもの」と母はいった。

その父が夜明け前に二度目の卒中をおこしていたのだ。意識のない父は「ごっごっ」というような妙ないびきをたてていた。もうそれから半日以上たっていびきの音は多少弱くなり、昼前から親戚のものや父が以前指導した学生たちが集まり始めていた。それもたいした数ではなく、十人ちょっとくらいのものだったろう。母は集まった人たちにかんたんな食事を出しながら、じいさんも今度はもうだめだと誰にともなく呟き、達夫に向かって「達夫。食べ終わったらじいちゃんの枕元に座っていなさい。おまえは長男なんだから」といった。

達夫の家では父が目の前にいないとき、父のことを母も子供も「おじいさん」とか「おじいちゃん」と呼んでいた。しかし、父の前で「じいさん」とか「おじいさん」とか呼んだのは母だけである。

達夫は父に向かってはけっしてこういう言い方はしなかった。それのみか相手が父でなくても、母以外の人がいるところでは「おじいちゃん」とか「じいちゃん」とかいう呼称を避けていた。弟はどうか。弟の治夫は父と会話を持つということがまったくなかった。治夫は父を恐れていた。

そのころ軍属として南方へ何年か派遣されていた従兄の義高が内地に引き上げてきて達夫の家に一年ばかり居候をしていた。義高は達夫より歳が十五も上で叔父とか父親代わりのような存在であって、達夫の母もそういう強い男性の存在を必要としていたのだろう。あるとき達夫が父のことを母の前で「おじいちゃん」と呼んだのを義高が聞きつけて大声で諌《いさ》めた。

「お父ちゃんだよう」

達夫はそのとき、自分が父のことを「おじいちゃん」と呼んでいるのを義高はまえから知っていて機会があったらはっきりと糾《ただ》しておこうと考えていたのではないかと思った。その義高が今日も父の枕元に座っているのだ。

医者が帰ったからと母にうながされて達夫は父が寝かされている部屋に入っていった。医者が来たのは朝からこれで二度目だった。

何人かの男と女が父の寝床をぐるりと取りまいて座っていたが、話しているものはいなかった。達夫が入ってきたので話を止めたのかもしれない。叔母が手で父の枕元を示し、その父の顔にいちばん近い場所が達夫の座るべき場所なのだと無言で教えた。達夫は被告のようにうちしおれてそこに座った。弟もその部屋にいるはずだが治夫の姿はとっさには達夫の目に入らなかった。父の口からはいびきは聞こえなくなっていたが、ぽっぽっというような音が喉のあたりから規則的に聞こえた。

「達夫。お父さんと呼んであげなさい」

義高がおごそかな声でいった。

達夫は座っている人たちを見回した。だれもが早くやれとうながしているようだった。達夫の座っている同じ側に治夫の姿があった。治夫は達夫の顔を見て顔をくしゃくしゃにした。弟も同じことをやらされたのだろうか。達夫はもはや逃れるすべはないと悟って父の顔の上にかがみこんだ。そして、

「おとうさん」

と、蚊の鳴くような声でいった。

「もっと大きな声でいわんとお父ちゃんに聞こえんがな」

叔母の大きな声が布団のすそのほうでした。

達夫はこれまで父のことを「おじいちゃん」と呼んできた罪をここで糾弾されているのだと悟った。達夫の父はもはや意識がなく、なにをいっても聞きとれないはずである。達夫は叔母を、また寄ってたかって無言の圧力を加える男女の一群を皆殺しにしてやりたいと思った。

「お父さん」

達夫はもう一度気力をふりしぼって父の顔に向かって叫んだ。父には聞こえなくても鬼のような大人たちに聞こえれば儀式は終わるのだ。しかし、いくら力をいれようとしても達夫の音声はこわばり、さっきより大きな声が出たとも思えなかった。しかし達夫が顔をあげると真正面に座っている従兄の義高と目が合った。きびしいはずの義高の目は達夫を見てほほえんでいるようだった。達夫はほっとした。そこへ台所のかたづけを終わった母が現れた。

「天王町にも知らせたほうがいいだろうか」

母は小声で義高にいったのだが、母のいったことは部屋にいる人たち全員に聞こえた。天王町とは達夫の家から三キロほど離れた町に住む父の末弟の一家のことだった。

義高がいった。

「すじからいえば当然のことなのだが……」

達夫の父と天王町に住む末弟との間には長年のわだかまりがあって交流が途絶えていたのだ。参集人たちはたがいに顔を見あわせていたがだれもなにもいい出さなかった。だれもが不和のいきさつを知っているようだった。重苦しい雰囲気のなかで使者を引き受けるものはいなかった。

達夫は自分がその役を引き受けようととっさに思った。十二歳であっても長男である達夫を今にも息を引き取ろうとしている父の枕元から離して使いに出すとは達夫にも考えられなかったがとにかく思い切っていってみたのだ。

「ぼくが行ってこようか」

まさかと思っていた達夫の顔を見て義高がいった。

「行ってくれるか」

義高の顔には安堵の表情が見られた。参集人たちのあいだにもほっとしたような雰囲気が流れた。

これで救われると達夫は思った。行かせてくれるらしい。この重苦しい雰囲気から逃れられる。

母も義高も参集人たちも達夫がいやな役を引き受けたと勘違いしたらしい。弟の治夫はこの重大事を伝達するには歳が小さすぎる。達夫はたまに天王町の叔父の家に遊びに行くことがあった。叔父の家には従兄弟がふたりいて、弟の孝次は達夫より二歳上で遊び相手になってくれることがあったのだ。達夫が訪ねていっても叔父も叔母もかくべつ歓迎もしてくれなかったがまたいやな顔をするわけでもなかった。

達夫が下駄をつっかけて表に出ようとすると母が戸口までやってきた。母は何もいわなかったがその顔はよく引き受けてくれたといっているようだった。

アスファルトの自動車道で子供がふたりローラー・スケートで遊んでいた。左側に広がる畠のむこうに川越病院の病棟が見えた。その精神病院を近隣の住人たちは「気違い病院」と呼んでいた。そこをすぎると右手の木立の奥は真如道と黒谷の社だった。大通りの両側は人家もまばらになっていた。そのあたりにくると殺風景な畠ばかりでゆっくり歩こうとしていた達夫の足も自然に速くなっていた。

天王町の叔父の家の前の道路は舗装されていなかった。小石がごろごろしている小道を歩いて達夫は叔父の家の前に出た。格子戸には鍵がかかっていないことを達夫は知っていた。格子戸を後ろ手でしめ達夫は玄関のガラス障子を開けた。

「こんにちわー」

達夫は奥にむかって声を出した。

いつものように叔母がちょこちょこと現れた。

「ああ、達夫か。はよう上がり」

達夫がそこにつったったままでいるのを見て叔母はくりかえした。

「はよう上がらんかいな。孝次も二階におるさかい」

達夫はそれでも下駄を脱ごうとしなかった。

「なんぞしたんか」

叔母はいぶかって達夫の顔をのぞきこんだ。

「お父ちゃんが死にかけてはる」

達夫は一言いった。

叔母は表情を変えなかった。

「まだ死んではらへんのやな」

達夫はうなずいた。

「よう知らせにきてくれたなあ」

叔母は奥のほうをうかがうようなしぐさをした。そしてやさしい口調でいった。

「義高兄ちゃんが行ってこいいわはったんか。お母ちゃんが行けいいわはったんか」

「うん」

達夫はどっちとも両方ともとれるようにうなずいた。

「よう知らせてくれたなあ」

叔母はくりかえした。叔母はもう上がれとはいわなかった。

達夫はガラス障子のほうに後ずさりし、後ろ手で戸を開けた。

達夫が格子戸の外に出ようとすると叔母がいった。

「叔父ちゃんといっしょにすぐ行くさかいな。お母ちゃんにおおきにいうといてなあ」

達夫はおもてに出ると砂利道を大通りのほうにもどり、北に向かってまたゆっくり歩いた。川越病院の手前で、浄土寺郵便局のほうには向かわず、大通りを横切りゆるく曲がった道を大豊神社の方向に歩いていった。それは達夫の予定の行動だったのだ。

大豊神社の参道に入ると達夫の予期していた通りそこで数人の少年が三角ベースをやって遊んでいた。そのなかに野球仲間の土井と前島のすがたを見ると達夫はふたりのいるところに歩みより、自分も仲間に入れてくれといった。土井も前島もよろこんで達夫を仲間に入れてくれた。人数が少なすぎたからだろう。達夫を入れて人数は八人になり、子供たちは四人ずつに分かれて新たにゲームを始めた。

達夫の唯一の不安は従兄の孝次がそこに現れないかということだったが、野球の好きでない孝次が野球以外の目的がないかぎりここへくることはないだろうと考えた。子供たちはチームの組み合わせを変えて何度もゲームをくりかえした。

そして孝次は大豊神社には現れなかった。


どのくらい時間がたったのだろうか。達夫の頭の中でだんだん不安が持ち上がってきた。父はもう死んだだろうか。達夫は土井や前島にいま何時ごろだろうときいた。土井も前島も知らないといった。だれも時計をもっていなかったのだ。

達夫がさっきの決心をひるがえして、もう帰らなくてはならないといったとき土井も前島もおれも帰るといった。達夫は土井や前島といっしょに神社沿いの道を歩いた。達夫はべつに土井や前島と前より親しくなったとも思わなかった。前島の家の前までくると前島が家に入って時間をしらべてくれた。四時半をすこし過ぎていると前島がいった。二時間ちかく三角ベースをやっていたことになる。

達夫はまたひとりになり、浄土寺西田町児童公園のわきを通って帰ることにした。公園の中には犬を連れた男がひとり立っていた。三月初旬夕方に近く、野球をやっているときは感じなかったがかなり寒かった。

達夫の今度の懸念は父がもう死んでしまっているかどうかということと天王町の叔父と叔母が達夫より先に来ているのではないかということだった。

家に着くと達夫は台所の戸を開けて中に入った。母が出てきた。

「行ってきてくれたか」

義高も奥の部屋から顔をのぞかせてご苦労だったという表情をした。

「天王町の叔父さんは？」

達夫はおそるおそる母にたずねた。

「天王町は来るといったか」

その母のことばで達夫は叔父と叔母がまだ来ていないと知った。なんという救いだろうか。達夫は「うん」といった。

「ふたりとも家にいたかい」

「いたみたいだけど」

「だれと話したの？」

「叔母さんと。玄関のとこで」

「そうか。それで来るといったんだね」

「叔父さんといっしょにすぐ行くといわはった」

母はほっとしたような表情を見せた。達夫が台所の隣の居間に入るとほとんどの参集人がそこにいて茶をのんでいた。参集人たちは達夫になにもいわなかったが、だれひとり達夫が遅くなったことを非難していないようだった。そこへ父の部屋にいた義高が居間に入ってきて達夫に向かってにっこりとうなずいた。

達夫は参集人たちが父の枕元を離れているので父は死んだらしいと感じたがまだ不安は去っていなかった。


叔母のひとりが「達夫。こっちにおいで」といった。

達夫がそこへいくと叔母は達夫を前に座らせた。

「達夫、ええか。お父ちゃんは死なはったんやで」

達夫は父がすでに死んでしまっていたことをはっきりと告げられたのだ。すべては達夫の計画通りになったのだ。だれもが達夫が父が死ぬまで三角ベースをやって時間をかせいだことに気づいていないばかりか達夫が父の臨終に立ち会わなかったことさえ非難していないふうである。達夫はしめたと思った。まんまと思った通りにことが運んだのだった。大人の世界なんてあまいもんだという気がした。

「達夫。しっかりせんとあかんんで。ええか、おまえはお兄さんなんやからこれからは治夫のめんどうもみてやらなあかん」

この叔母はひとの前でこういうお作法通りの説教をするのが好きらしい。達夫の「お父さん」という声が小さいとたしなめたのもこの叔母だ。しかし達夫は上の空でもう叔母のいうことをほとんど聞いていなかった。

母が「お父ちゃんのとこへいって拝んであげなさい」といった。

達夫が父の寝室に入っていくと母もついてきて父の顔から白布をはずしてくれた。達夫は父の上にかがみこむようにして両手を合わせた。そして、参集人の監視のもとでお父さんといわされたのに比べればこれくらいの儀式はなんでもないことだった。

その夜は父の通夜だった。参集人のほかに近所のひとたちもやってきたり去っていったりしたが、天王町の叔父も叔母もその夜は現れなかった。


あくる日、参集人たちの去ったあと葬儀屋がやってきて父の遺体を棺に納めた。そのつぎの日の午前が父の葬儀の時と決まった。その日の朝参集人は再び黒装束で集まり、やがて近所のひとたちもやってきた。その中に天王町の叔父と叔母もいた。天王町の一家が父が危篤の際に駆けつけなかったために達夫の三角ベースは永遠にだれにも感づかれる心配がなくなった。

その日の参集人の中に達夫と治夫の兄弟の実母もいた。

達夫が生まれたとき達夫の父守助は数え年で五十歳だった。達夫が母と呼んでいる守助の正妻には実子がなく、達夫と二年年下の弟の治夫は外腹の出生であった。達夫も治夫も出生後ただちに父と正妻に引き取られて入籍したのだった。


「これが最後のお別れです」

葬儀屋はそういって棺の蓋をとった。とろりと片目の下がった父の顔がそこに現れ参集人の中からため息のような呻きのような声が洩れた。
「まあきれいなお顔」
とだれかがいった。そのとたんに参集人の中からすすり泣きが聞こえた。声を発したのは東京で戦災にあっていらい達夫の家の二階に住んでいる色の白い太った女だった。こういう際のきれいな死に顔というのも決まり文句なのだと達夫は思った。

達夫は母と義高と治夫とともに一台の自動車に乗って東山の火葬場に向かう霊柩車にしたがった。自動車はもう一台用意され天王町の叔父叔母、さらに別の叔母がふたり乗った。車はいずれも木炭自動車といわれたもので力が弱かった。火葬場の手前の坂道を霊柩車いがいは登りきれなくなって達夫たちは車を降りて火葬場まで歩いて坂道を登った。

火葬場の待合室で達夫たちは何時間も待たされた。やがて砕かれた父の骨が出てきた。達夫は長い箸で骨を拾い骨壺に入れた。達夫はその作業を楽しみ、もっと続けていたいような気分になった。治夫は緊張して兄の作業をまねた。

死其の二　電　報

昭和四十二年。人々はケータイ電話を持たず、インターネットもなく、テレビはぼってりと奥行きがあった。

一週間のボストン旅行から達夫がプリンストンに帰ると電報が待っていた。「ハハキトク　ユキオ」。

達夫には母がふたりいたのでどっちの母かとっさにはわからなかった。幸男は達夫の実母の良子が後妻にいった先でもうけた達夫の異父弟であったからそれがどちらの母であるのかはっきりしていたがにわかには納得がいかなかった。

達夫の生みの母が良子であると知ったのは父の死ぬ一年前だったから達夫が小学校五年生のときである。いっしょに暮らしている母が生みの母でないことは前から知っていたが、そうかといって実母のことを知りたいとことさら考えたこともなかった。いっしょに暮らしている母が嫌いでなかったせいもあるが、達夫はもともと肉親とか血縁とかいうことには無関心なたちだったらしい。実母の末弟に散髪の上手なのがいてその叔父が子供のころから達夫や弟の治夫や幸男の頭をいつも刈ってくれていた。ある日散髪の最中に達夫がその叔父のいったささいなことに反発したために叔父が気分を害してかみさんにいった。

「良子の子はどれもこれもだめだな。達夫にしても治夫にしても幸男にしても」

それを聞いて、ああそうか幸男の母が自分の実母だったのかと悟った。親戚づき合いをしてしょっちゅう往き来していたので近すぎて気がつかなかったのだ。

とにかく京都に電話をかけなければなるまいと達夫は思った。

「おう、達夫さんか。どこに行っとったんや」

電話をとったのは幸男だった。

「ちょっと、ボストンの方に旅行に行っとったんじゃ」

「ああ、そうか」

「電報がきとったもんだから」

「うん。何回も電話をかけたけどだれも出ないから電報を出しておいたんや」

「キトクと書いてあるが、お母ちゃんはどうしとるんだ」

「達夫さん、今日はもう初七日やがな。親戚のもんもここにみんな集まっとるぞ」

達夫がとぼけているので幸男はおかしさをこらえるような言い方をした。困ったことになったと達夫は思った。

「治夫さんも大阪の伯母さんもここにいるけどだれかと話す?」

勘弁してもらいたいという気分だった。知らなかったこととはいえ実母が危篤どころかとっくに死んで初七日になっているのに平気でどこかをほっつき歩いていた達夫にみながあきれているらしいことは十分想像できる。達夫は気乗りがしなかったが弟の治夫と話すことにした。そして実母が急性肝炎で死んだことを知らされた。彼女は多分職場である病院で肝炎に感染したらしいが、からだがだるくなっても単なる風邪だと思って一週間ちかく家で寝ていて病院に運ばれたときは手遅れだったそうである。達夫の思い過ごしか治夫の声にも達夫への非難が多少こめられているように感じられた。

達夫は大学院を終えると二、三年の留学予定でプリンストン大学にやってきた。数か月前の夏の終わりだった。そして、一週間前に旅に出たのだ。ちいさな生物化学の実験が一段落すると急にどこかに行ってみたくなり、一年前にハーバードに行った先輩に電話した。先輩は、うちは子供が生まれたばかりだがよかったらボストンに来ないかといった。達夫はとっさに行こうと決めた。着替えをばたばたカバンにつめると達夫は階段を下りかけたが、部屋にもどり教授の家に電話した。ボストンに一週間ほど行くつもりだというと、教授はなんか用事ができたのかといった。

達夫はちょっとどこかに行ってみたくなっただけだといった。達夫が電話を切ろうとすると、教授はボストンはプリンストンとちがって見るところがたくさんあるから楽しんでくるといいよといった。

達夫はプリンストンの駅に駆けつけニューヨークに向かった。ニューヨークに着くとニューヨークの市内バスでグランド・セントラル駅に行った。途中でボストンくんだりまで行かないでここでぶらぶらしていればいいものをと思ったりした。達夫はニューヨークに二度ばかり来たのだが街はほとんど知らないのだった。それでも達夫はグランド・セントラル駅から先輩の指示どおりニュー・イングランド行きの列車に乗った。そのあと数時間達夫は本でももってくればよかったと思ったりしながら窓の外のかわりばえのしない景色をながめていた。そして達夫はボストンの駅に着いたのである。駅のホームには迎えにきた先輩がたっていた。達夫は大きな二枚ドアの自動車で先輩の家に連れていかれた。ボストンはプリンストンとはおおちがいの大都会で自動車が無数にしかも全速で走っているところだと知れた。赤信号でとまっているあいだ、仕事のほうはうまくいっているかいと先輩がきいた。達夫は、ええまあというような答えかたをした。大きながらんとした先輩の家で生まれたばかりの赤ん坊をちょっと抱いてみたりした。なにやらわからず、三、四日のつもりを一週間ちかくもだらだらとケンブリッジに滞在したのだ。いちにちおきくらいにボストンにも出かけた。橋をわたるだけでそこがボストンだったのだ。先輩はその街に散在する独立当時の史跡にはまるで無関心だった。それは達夫にとっても幸いというものだった。達夫は盲目的にただついて歩いていたのでどこに行ったのかもわからない有様だった。ひと晩ボストンに古くからあるというスシ屋にスシをたべにでかけた。先輩のおくさんも赤ん坊を抱いてついてきたがスシはまずかった。ひるまは先輩について研究室に行ってみたりもした。するすにしていた一週間がながい日々のように思えた。母は達夫がボストン行きの列車に乗りこんだ時刻にはもう死んでいたかもしれないのだった。これで生みの両親はいなくなってしまったのだと達夫は思った。父の死から二十年近くがたっていた。

電話を切るとすぐにまた電話のベルが鳴った。

イギリス人の友人のウィルキンスからだろうと思ったらはたしてそうだった。イギリスから友人とそのガール・フレンドが来ているので明日いっしょにドライブに行かないかといっている。ウィルキンスは日本語を話すのだ。ドライブには行ってもいいがさっきボストンから帰ったばかりで、帰ったと思ったら母親が死んでいたんだといったがウィルキンスには達夫がなにをいっているのかさっぱりわからなかった。

「ボストンに行ったのとだれかが死んだのとどういう関係があるの？」

こりゃ無理だと達夫は思った。

「ボストンはどうでもいいんだ。母親が死んだんだ」

「だれの母親？」

「ぼくの母親」

「きみの母親？」

「そう、ぼくの母親」

「いつ死んだの？」

「七日前のはずなんだが」

ウィルキンスは黙ってしまった。


ウィルキンスが父親を亡くしたのは何日前だったろうか。達夫がボストンに発つほんの数日前のことだ。図書館のちかくの階段のところで黒いネクタイを締めたウィルキンスに会った。どうして黒いネクタイをしているのかときくと、父親の追憶のためにと答えた。父親がどうかしたのかというと父親が死んだのだといった。だれかが知らせてきたのかというとだれも知らせてこないが新聞で知ったのだといった。父親はミステリーを書く三文作家だったが戦時中にドイツのためにスパイ活動をやったため戦後イギリスから永久追放されアテネで暮らしていたのだといった。きみはいっしょに行かなかったのかときくと、自分と絵描きの母親はロンドンをはなれて母親の故郷であるスコットランドの貧しい漁村に移り住んだのだといった。われわれは歩きながら話した。彼は後年ケンブリッジに奨学金をもらって入るまでひどい貧乏をしたといった。いつも汚いなりをしていたが村のひとたちはもっと貧乏で、自分がその村ではじめての大学出になったといった。ウィルキンスのシニカルな性格は父親の不名誉なふるまい、それによる家族の離散と貧困に起因しているのだろう。

ウィルキンスは父親を亡くしたばかりでまだ黒いネクタイを締めていたのだ。

「あしたはドライブに行ってもいいよ」

「日本には帰らないのかい」

「帰るったってそんな金はないからね」

ウィルキンスはしばらく考えていたが、あしたの朝大学のアドミニストレーションに行って相談してみようといった。あすの朝早くウィルキンスとふたりで大学の事務所に行き日本にいる母親が急死したが葬儀の式に出るための旅費がない、大学のほうでなんとか助けてもらえないかと相談を持ちかけようというのだ。ドライブはその結果次第というわけだ。ずいぶん虫のいい相談でうまくいくはずがないと達夫は思った。

中古車を買ってから達夫はひんぱんに大学院寮に出入りするようになっていた。ブレックファースト・ルームでたべる晩飯は一食五ドルだった。寮にはもっと格式ばったダイニング・ルームもあったがそこで食事をするには黒いガウンを着用しなければならず、また食事の前のラテン語の形式ばった祈りもあったのだ。ブレックファースト・ルームだとカフェテリア方式で好みのたべものを受けとるとたくさんある円卓の中になじみの顔をみつけて盆をはこんでいけばよいのだった。ブレックファースト・ルームで達夫は数人のアメリカ人と親しくなった。中国・日本の経済学を専攻していたイギリス人のサイラス・ウィルキンスとも寮で知りあったひとりである。ウィルキンスは日本語がかなりしゃべれた。中国語はもっとじょうずだそうだ。三十ちかくになっていた彼は北京で三年も英語を教えていたのだ。そういう関係で東洋人と親しくなるのかもしれない。食堂での話題はやはりベトナム戦争がいちばんだった。ワシントンの反戦デモに参加するためのチャーター・バスがナッソー・ストリートから出た。

ウィルキンスとは夕食の後、いつも玉を突いた。だれが決めたのか、一ゲーム一ドルかけた。達夫もへただったが、ウィルキンスはそれにわをかけてへたくそだった。

あくる朝、大学院の寮でウィルキンスを拾ってナッソー・ホールの事務所に行った。ナッソー・ホールは一七四六年大学創立以来のプリンストンで一番古い歴史的な建物で石階段がすり減っている。若い男の事務職員がいてウィルキンスがちょっと相談したいことがあるというと、どうぞといって椅子に座らせてくれた。ウィルキンスがふたりを紹介した後、この人の母親が急死したんだがといっても事務職員は用件がのみこめないようだったが、それでも「アイ・アム・ソーリー」といった。ウィルキンスがさらに事情を説明し、できたらこの人は葬式に出るため明日にでも帰国したいのだが急のことで旅費の工面がつかない、なんとか援助をお願いできないだろうかというと真面目そうな事務職員は用件はよくわかった、上役と相談してみましょうといった。

そして事務職員は達夫の所属する学部や住所などを書きとめ、日本までの飛行機代はいくらかかるかときいた。ウィルキンスはちょっと困った顔をした。達夫は片道四百四十九ドルだから往復だとその二倍だといった。数か月前に東京からニューヨークまでの切符をプリンストン大学が買って送ってくれたので値段を知っていたのだ。早急に決めるから午後になったらこの事務所にもう一度来てくれと事務職員はいった。

ナッソー・ホールを出てふたりは車の方に歩いた。ウィルキンスはやっぱりいってみるもんだろうといった。寮に戻ってウィルキンスの友だちを連れて郊外にドライブに行くことにした。午後早目に帰ってくればよいのだ。寮に行くとウィルキンスの友だちが食堂で待っていた。前に会ったことのあるサイモンとそのガール・フレンドのシャーロットだった。サイモンはギターも唄もうまくシャーロットは異常に背が高くひょうきんな女でいつもにこにこしていた。

雨が降りそうなのでこうもり傘を三本持ってドライブに出かけた。ウィルキンスがどこでもいいというので勝手のよくわかったデラウェア・アンド・ラリタン運河のあるホープウェルに行くことにした。ホープウェルに着くまでウィルキンスとシャーロットは冗談ばかりいって笑っていた。サイモンもときどきしゃべった。サイモンとシャーロットがヒッチ・ハイクをやるときはサイモンが顔を見せるとドライバーは絶対に止まってくれないので、彼は隠れていてシャーロットだけが路上に出て近寄ってくる自動車に手を挙げるとシャーロットは美人だから必ず止まってくれる。そこへ隠れていたサイモンが飛び出してきていっしょに車に飛び乗る……。

サイモンがシャーロットは美人だといったところでシャーロットは嬉しそうにくっくっと笑った。

ホープウェルに着くと小雨が降りだした。それでも四人は車を道端に止め、こうもりを持って山道を散歩した。小一時間も歩くと雨がだんだんひどくなってきたので車の方に引き返した。四人が車に到着するころ雨はどしゃ降りになっていた。その後ホープウェルの小さな街に入り小さなレストランでロースト・ビーフのサンドイッチを注文した。

四人がプリンストンに戻ったのは三時過ぎだった。ウィルキンスたちを寮に降ろすと達夫はひとりでナッソー・ホールに行った。

事務所に入ると朝がたの事務職員がひとりでいたが達夫を見ると待っていたように立ち上がって椅子をすすめた。達夫が椅子に座ると事務職員は、非常にいいニュースではないかもしれないが悪いニュースでもないといった。片道の運賃はプリンストン大学が払う、残りの片道はプリンストン・バンクから借りその利息は大学が払うからあなたは片道分の四百四十九ドルを月賦で銀行に払い戻せばよいのだといった。事務職員は、それはじぶんの個人的な考えなのだがとことわって、これは好意的な決定だと思うといった。大学が銀行利息の全額を払う件で事務長からの正式の文書がすでに作成されているといって事務職員は達夫に一枚の便箋を手渡した。彼はさらに、あなたは航空券を自分で立て替えて買うお金がないだろうからそれも大学で至急手配する、予定が決まったら今日でも明日でもすぐ知らせてくれといった。

大学の援助の決定が大変好意的なものであることが達夫にもよくわかった。同時に援助を願い出たばかりに旅行から帰ったばかりなのにまた荷物を詰めなおして明日にも日本へ行かなければならなくなったと思うと気が重かった。

ナッソー・ホールを出ると達夫は寮に戻って首尾をウィルキンスたちに報告した。三人とも悪い話じゃないといった。それで明日発つのかときかれたが今日中に決めるつもりだといって言葉をにごした。半年前渡米の際にかなり多額の金をつかいサナトリウムに入れた母のためにあるていどの金を知り合いの担当医に預けてきたので達夫には金の余裕がなかった。いくら大学が利息を払ってくれるからといっても来てから半年もたっていないのに帰国し、借金をこれから月賦で返済していくことを考えるとだんだん決心が鈍ってきた。

達夫はそれから食堂のディナーの時間までウィルキンスの部屋でレコードをかけたりサイモンのギターを聴いたりした。食堂でディナーを終えるとすぐにアパートに帰らないで寮の地下室で玉を突いた。ウィルキンスの玉突きがへたくそなのは知っていたがシャーロットが意外にうまかった。サイモンは玉突きにはまるで興味がないらしく地下室にも下りてこなかった。そのころになるとだんだん京都に行こうという気がなくなってきた。そうではなくて、はじめから帰国する気なんかまったくなかったことがはっきりしてきたのだった。葬式なんかとうに終わっているのだ。帰って仏壇に手を合わせるだけなら再来年帰ったときだってあまり変わらないじゃないか。達夫は幸男とゆうべ電話で話した直後と同じ気持ちに戻ってしまった。香典をあとで送っておけばすむことだ。やっかいな葬儀の準備を知らぬあいだに免除されて得したようなもんだと思えばいい。達夫はいつもより長い時間玉を突いていた。

死其の三　骨

達夫がニューヨークから帰国したのは九月初めのよく晴れた暑い日だった。

その日から、空港に迎えに来ていた先輩で泌尿器科の医師である東野の家にしばらくやっかいになることになった。いっしょに来ていた東野の妹の紀子の運転で三人は等々力の東野の家に向かった。

「達っちゃん、しばらく日本にいるんだろう」

東野は達夫が大学の研究室には戻らず、こんどはパリ大学の分子病理学研究所に行くことになったことを知っていた。

「二か月半くらいですか。だけど京都にも行かなくちゃならないし」

「達っちゃんとまた写真撮りにどこかに行きたいねえ」

東野はそれから写真の話をした。学生のころ達夫に写真の技術を教えたのは先輩の東野だった。

達夫は東野と室戸岬まで撮影に出かけたこともある。

達夫は車の窓から外の夜景をじっと眺めていた。

「行きたいけれど、いいカメラがないんですよ」

「カメラどうしたの。処分しちゃったの？」

「そういうわけじゃないけれど」

達夫はいいそびれた。渡米の際、カメラ類やいわゆる貴重品を女のところに預けて行ったんだが、その女に逃げられちゃったんですとは紀子の聞いているところではいいにくかった。いや、その女と音信が絶えちゃったんで、というかぼくのいない間に東野先輩もよくご存じの男のところへ逃げちゃったので今さらカメラを返してくれといって女のところへ行くのはどうも……、というような文句を腹の中で反芻していた。

のみこみの悪い兄のために紀子が「タマちゃんよ」と短くいった。

紀子はその女のむかしからの友だちだったのである。

「なんだ、きみはカメラを珠子のところに預けてアメリカに行ったのか」

東野にも状況がのみこめたようだった。

「カメラだけでなく他にもいろいろあるようよ。わたしが明日にでも取りに行ってあげるわよ」

「いや、べつにいいんだけど」

「だって、むこうだって売りとばすわけにもいかず困ってるんだもの」

達夫は晒しものになったような気分だった。

達夫が京都に着いたときはすっかり秋になっていた。一か月以上も東京でぐずぐずしていたことになる。達夫はフランスに発つ前の三か月間を日本で過ごすことに決めていたが、その間どこで何をするという計画はまるでなかった。お忍びで帰ったわけではないのだが、ほんの二、三人の友人以外には帰国することもしていることも知らせていなかった。

十月中旬のある朝急に京都に行くことを決め嵐山の義弟の幸男に電話した。万博の開催中は関西には行きたくなかったのだ。

「日本に帰っているのは知っていたけど、あんまり来ないからもうパリに行ってしもたんやろうとみなでいうとったんや」

幸男は冗談のようにいった。

京都に着いたのは昼過ぎだった。新幹線のホームには人がまばらだった。タクシー乗り場で車に乗りこむと達夫は急に気が変わって南禅寺に行ってくれといった。達夫の乗ったタクシーは蹴上の坂から永観堂の前を通り弟の治夫の家に向かった。玄関の戸が開いており畳の真ん中に大きな黒猫が丸くなっていた。「だれかいる?」

達夫が中に向かって声をかけると治夫の妻の美子が現れた。三年半ぶりの再会だった。

「あれえ、達夫さん。行きちがいになってしまったわ。治夫は今朝出張で東京に行ったんやがな」

「なんだい、東京に出張だったらいってくれればよかったのに。おれだって今日京都に来なきゃいかんわけがあったわけじゃあないんだ。今朝になってそういう気になって出てきたんだ」

「そんなことといったって達夫さんはどこにいるのかわからんもの」

美子は笑いながらいった。「電話のかけようもないやん」

そういわれればその通りだと達夫は苦笑した。

「それで、治夫はいつ帰ってくるの」

「二晩むこうで泊まるいうてたけど」

おなかはすいていないかと美子はきいた。

「さっき新幹線の食堂でカレー・ライスを食ってきたからね」

美子が茶をいれてくれた。そして達夫の顔を見ていった。

「嵐山にも行ったほうがよくない？」

嵐山は死んだ実母の家だった。治夫があさってまで帰ってこないなら幸男のところへこれから行こうかと達夫は思った。なぜ京都駅から予定通り直接嵐山へ行かなかったのか。

美子が車で嵐山まで送ってくれるといった。嵐山の幸男の家に着くと五時前だった。幸男はまだ帰っていなかった。妻の洋子はふたりの腹のぐあいをきかないでいきなり客の前に鰻重を出した。美子さんから達夫を連れて今から行くという電話があった後間にあうように出前をたのんでおいたのだと洋子はいった。

食事を終えると美子は南禅寺に帰っていった。

美子が去った後すぐに幸男が帰ってきた。

「達夫さん、めし食ったんやてなあ。お酒はなににします。まずビールでいい？」

洋子は冷蔵庫からビールを出してきたが、達夫の顔を見ていたずらっぽく笑った。

「達夫さんはまだ仏さんを拝んではらへんさかいなあ」

仏さんを拝むまでビールはお預けだと冗談めかしていっている。これはまずかったと達夫は思った。アメリカに行った年に実母が死んだとき、葬式に帰る帰らないで大学とかけあって結局帰らないことにしてから何年がたったのだろう。日本に戻ったらまっ先に実母の位牌に線香をあげることになっていたのに、一か月以上も東京でぶらぶらしていたあげくやっと幸男の家にたどり着いたら、そこに置かれている新しい大きな仏壇を尻目に鰻重を食っていたのだ。そういえば南禅寺に行ったとき美子が、嵐山にも行っといたほうがといったのもその意味だったのだ。達夫はちょっとはにかんだように立ち上がり、仏壇に線香をあげてぎこちなく手を合わせた。

あくる朝、達夫も幸男の家族もおそく起きた。幸男はその日は午後から出勤するといった。

「達夫さん、今日はこれからどうする？」

朝食のテーブルに座ると洋子がきいた。

「べつにあてもないけど。一乗寺の友だちのところへ行こうかなあ」

西宮にいる中学いらいの友人が一週間京都の親のところに帰っていると聞いていた。

「その前に東山のサナトリウムにも行っとかんといかんかとも考えてるんや」

育ててくれた母がサナトリウムで死んだのは達夫が渡米した次の年の暮れのはずである。達夫のところにはサナトリウムからなにもいってこなかった。達夫の知人の勤務医が転勤したためかもしれない。母の死を知ったのはかなり後になってからである。実母は渡米して数か月後に死んでいたから、達夫は一年のうちにふたりの母を亡くしたことになる。

「銀閣寺のおばちゃんのお骨は仁王門のなんとかいうお寺で預かってくれてはるて聞いてるけど」

洋子がぽつりといった。

そうだったのか。元気だった実母のほうがさきに急死したので母はサナトリウムでほったらかしにされたまま死んだのだ。

達夫は自分が骨を引き取りに行くよりしかたがないと思った。

東山サナトリウムは京津街道をはさんで天文台の北側の山の中腹にあった。幸男の車で急坂を登ると改装された新しい入口が現れた。事務所にはもう知っている顔はなかった。事務の女が仁王門を西に入ったところに顕正院というお寺があり、お骨はそこで預かっているといった。事務員は書類もなにもくれなかった。寺に行って和尚さんにいえばよいのだといった。サナトリウムで死んだ身寄りのない老人の骨は顕正院に引き取られることになっているらしい。達夫と幸男はサナトリウムを後にし、一乗寺の西川の家に向かった。

西川の家に達夫を降ろすと幸男は役所に戻った。

西川は達夫の長い髪を見てもおどろく様子もなかった。

「お母ちゃん、達夫君が来たよ」

というと西川の母が出てきた。

「達夫さん、なつかしいわー。わたしはこないに年とってしもて」

母親は目をしょぼしょぼさせた。

「おばちゃん、元気そうですね」

達夫は中学生のとき、そのころは市のかなり外れであった同級生の西川の家を訪ね、それからはふたりがどちらかの家にいっしょにいるほど仲がよくなった。西川の母は当時四十前後の細面の上品な人だった。

「達夫さん、ちょうど華子も来てますねん。今ちょっとそこまで買い物に行ってるけど」

そういっているところへ西川の妹の華子が台所のドアから入ってきた。華子は達夫のすがたを見つけると満面の笑みを浮かべた。大柄な華子は紺のレインコートを着たままだったが、臨月に近いような腹が目立った。

「華子ちゃん、いつ生まれるの」

「あと二か月。今年の末くらい」

「お産でここに帰っているの？」

「ううん、同窓会で来たのよ。すぐまた帰るの」

「どこへ？」

「埼玉」

「へえ、埼玉に住んでいるの」

「そうよ」

「埼玉に嫁に行ったとは知らなかったな」

「そういうわけじゃないんだけど、旦那の転勤でむこうに行っちゃったのよ」

「これ、はじめての子？」

「ううん、三歳半の男の子がひとりいる」

「ぼくらは七、八年会ってなかったんじゃないか。兄貴とはアメリカに行く前に一度会ったけど」

「そうね。そのくらいになるわね。おばちゃん元気？」

「おばちゃんって、銀閣寺のおふくろのことかい」

「そうよ。お母さんといったら銀閣寺のおばちゃんでしょ」

達夫にとってはそうでもなかったのだ。

「あのおふくろなら、ぼくがアメリカに行った次の年に死んだ。もう二年以上前だな」

「そうだったの」

「おふくろは東山のサナトリウムで死んだんだが、引き取り手がなく、骨はお寺に預けられてるらしいんだ」

西川も母親も達夫と華子の会話に口をはさまなかった。

「弟さんが葬式をやってくれなかったの？」

「弟は精神的におふくろとはつながってないからね」

「へんな話ね」

「まあ、他人にはへんな話だろうね」

「それで達夫さんがお骨のしまつをつけるわけ？」

「しまつがつくかどうかわからないけど、とにかく骨をもらい受けに行くよりしょうがないと思っているんだ」

「お寺はどこなの」

「仁王門だと聞いたけど。顕正院という寺だそうだ」

「顕正院なら知ってる」

華子は得意げにいった。

「うちの旦那の兄嫁の実家の菩提寺だよ、それ。仁王門の狭い商店街に入ってすぐのところよ。ふつうの家みたいに小さな門構えのお寺なの」

華子はいつお骨を取りにいくのときいた。いつでもいいんだが東京に戻る前にやっとかなくちゃと達夫は答えたが、さていつ東京に戻るとなるとそれもまたいつだっていいようなものだった。

「わたし、もうちょっとしたらデパートに子供のものを買いに行くんだけど、いっしょに行かない？　顕正院なら知っているから」

「今日行くの？　このなりじゃお寺はちょっとね」

達夫はくたびれたようなジーンズにアメリカで何年も履きふるしたスエードの靴しか持っていなかった。

「いいわよ、かっこうなんか。行こうよ、おばちゃんのお骨取りに」

「いいじゃないか、せっかく来たのに連れ出さんでも」

と西川がいった。

「それに、そのどて腹でいっしょに歩かれたら達夫君だってたまらんよ」

「お母さん、聞いた？　今の言葉」

華子は兄にくってかかるようにいった。

「おにいちゃん。いっとくけどね、おにいちゃんがあのときぶちこわさなかったら、今ごろわたしは達夫さんのお嫁さんになっていたんですからね」

「ばからしい」

西川は苦々しい表情でうるさそうにいった。

華子は、達夫さんとハワイへ新婚旅行に行きたかったなあといいかけてげらげら笑いだした。

華子も西川の家族も十何年前と変わっていなかった。


達夫は華子と出かけることにした。

「おにいちゃんもいっしょに行かない？　おばちゃんのお骨受け取りに」

「行かん。おれは骨は苦手だな」

西川は両手を頭のうしろで組んでごろりと畳のうえに寝ころんだ。


達夫と華子は市バスに乗って京都の街に出た。

「さっき車でここを通ったけどずいぶん変わったねえ」

「そうね。京都ではこの辺と北山がいちばん変わったわね」

そこは達夫が二十年前死にかけている父の容態を叔父に知らせるため下駄ばきでゆっくり歩いた大通りなのだった。達夫はクラス旅行に出かけた小学生のようにバスの窓からの風景を眺めていた。

「達夫さん、いつフランスに行くの？」

「十二月末の予定なんだけど。一月からむこうで仕事を始める契約になっているから。華子ちゃんのお産のころかな」

「それでお骨はどうするの。お墓に入れるの？　それとも弟さんにたのむの」

うちはお墓なんかないんだよと達夫はいった。

「おふくろの骨なんかだれも預かってくれないだろうからね」

「でもなんとかしまつしなきゃしょうがないわね。こんど日本に帰るまででもどこかに置いとかなくちゃ」

こんどいつ日本に帰るというあてもないのだった。

「華子ちゃんに預かってもらうわけにもいかんからなあ」

「おばちゃんのお骨なら預かってあげたいけどねえ。むつかしいわね」

岡崎の美術館の前でバスを降りるとふたりは仁王門まで歩いた。

達夫はだんだん気が重くなり歩調が遅れた。華子はふり返って、達夫さんお寺に行きたくなくなってきたんでしょうといった。そりゃ行きたくないよと達夫は苦い顔でいった。

「達夫さん、わたしが行ってお骨をもらってきてあげる。わたし、あそこの和尚さん知ってるから。むこうはわたしのこと憶えていないかもしれないけど。大人がふたりも行って名乗り出たらかえって事が大げさになるからわたしが行ってきてあげる」

「憂鬱なことになってきたなあ」

達夫は自分の身なりも気になっていたのだ。

「これくらいのこと、大したことじゃないわよ」

華子は笑顔でいった。

「この辺で待っててね。お骨を受け取ったら早いとこ引き上げてくるから」

華子がどんどん行きかけたので達夫はあわてて彼女を呼び止めた。

「お布施というのか、少々つつんで持っていかなくちゃいかんだろう。一乗寺の家でつつんでくればよかったんだが」

「お金ならわたし持ってるわよ」

と華子はいったが、達夫はポケットから一万円札を二枚取りだして彼女に渡そうとした。

「これくらいでいいだろうか」

華子は一枚を達夫の手に戻した。

「一枚でいいわよ」

「紙につつまないとまずいだろう」

「あのあたりにそういうお店があるから、袋を買って入れておくわ。心配しないでこの辺で待っててよ」

華子は後も見ずにすたすたと行ってしまった。

カメラも骨も女に取りに行かせることになるというわけかと達夫は自嘲した。

達夫は疎水の淵に戻った。

今ごろ達夫が母の遺骨を尋ね歩いているとは身内のだれもが知らないだろう。達夫の父が死んでから母の富子はアルコール中毒に陥り、それに父と同じく卒中にかかり、死ぬまでの数年は片目がふさがったままだった。叔母たちの家に行くと必ずといっていいほど富子の悪口を聞かされた。だが達夫には養母を嫌ったという記憶はない。達夫の目から見れば母の欠点は生活上の計画性を欠くためだらしがないということくらいしかなかったのだ。

達夫は疎水の水際を歩き、釣り糸をたれているふたりづれのそばに行ってビクの中をのぞきこんだりした。

水の流れはゆったりしていて、そのあたりの光景は中学生だった達夫が学校帰りに友だちとここでボートに乗って遊んだころと同じだった。秋の空はさやかに晴れわたり、朱塗りの橋が水面にその姿を映していた。

ふと東山通のほうに目をやるとレインコートを着た華子が重そうに身をよじりながら歩いてく

るのが見えた。達夫は釣り人のそばを離れ、華子のやって来る方向に歩きはじめた。達夫を見つけると華子は立ち止まり、手に持っていた小さな風呂敷包みを頭上にかざしてにっこりと笑った。それが達夫の母の骨壺だった。

達夫が近づいてくるあいだ華子は風呂敷包みを高く持ち上げていた。大女の妊婦が骨壺を頭上で振り回している図は異様ではあったが、それは達夫にとっては英語や数学の勉強を見てやっていた中学生のころの華子の変わらないしぐさなのだった。

華子はこんどは賞状でも授与するようなかっこうで風呂敷包みを差しだし、達夫はそれを受け取った。これがおばちゃんよと華子はいった。

「骨はすぐよこしたのかい」

「名前をいったらすぐわかって、お骨を持ってきてくれたんだけど、そこでわたしに渡す前にお経を読んでくれたの」

華子は楽しそうに話した。

「あの和尚さんはひょうきんな人なんだけど、わたしのことは憶えていないらしくて、どこから来られたときくから埼玉からといってしまったら、はるばる遠路埼玉より西下されとわたしのことを節をつけてお経の中に入れるもんだから、吹き出すのをこらえるのがたいへんだったわ」

達夫は華子と東山通のバス停まで歩いた。

「わたしこれからデパートに行くけど、達夫さん先に帰ってる？」

「そうだな。ここからだと南禅寺の弟の家まで歩いて行けるから、これからそっちへ行こうかと考えていたんだ」

「だけど、おにいちゃんきっと待ってるわよ。達夫さんが来たと思ったらわたしが連れだしちゃったんだから」

「一乗寺にはまた出直すよ」

「わたし日曜の午後までいるから、それまでにきっと来てね」

華子は祇園の方向に行くバスに乗り込んだ。


達夫はもと来た道を引き返し、疏水にそって蹴上まで歩いた。南禅寺の治夫の家に行くと華子にいい、また実際その方向に歩いてはいるのだが、南禅寺の家では母の骨壺は歓迎されないにきまっているだけに達夫は気が重かった。蹴上インクラインの手前まで来て、達夫は水際のベンチに腰かけた。疏水のむこう側は動物園で、中で人の群れが動いていた。

達夫は風呂敷の結び目を解き茶色の骨壺を取り出した。白い紐を解くと内部にはもうひとつ袋があり、細い針金を引っぱるとうす茶色の骨が現れた。かなり大きな頭骸の破片が幾層にもなって詰められている。達夫は一枚の骨片を手に取った。それは親戚中から嫌われていた人の乾いた姿だった。骨の量があまりに多く、一たん開くとこんどは指で押しても内の袋に納まらないほどだった。

骨片を袋に押し込みながら達夫はつぶやいた。

「なにもこんなに山盛りにしなくたって……」

《著者略歴》
1936（昭和11）年京都市生まれ。1967（昭和42）年東京大学大学院医学系研究科博士課程修了。医学博士（専門：免疫化学・血液学）。同年よりプリンストン大学、パリ大学分子病理学研究所、コロンビア大学を経てシートンホール大学大学院教授。2005（平成17）年退官。1974（昭和49）年よりニューヨーク市に在住。

転《てん》居《きょ》のいきさつ

著者
畔《くろ》井《い》　遠《うぇん》

発行
2015年7月30日

発行　株式会社新潮社　図書編集室

発売　株式会社新潮社
〒162-8711　東京都新宿区矢来町71
電話　03-3266-7124

印刷所　錦明印刷株式会社
製本所　加藤製本株式会社

ISBN 978-4-10-910048-9 C0093
価格はカバーに表示してあります。